影裏

沼田真佑——著

目次

漂流中尋覓的歸屬

張維中

先去閱讀一篇小說，然後再看到寫出那篇小說的作家形象，兩者之間的對照關係，常令我深深感受到「創作」這件事真的好奇妙。像宇宙中一次天時地利的偶然，爆炸出新星系，甚至有了生命。一段神祕的發生，帶來無法解釋又充滿驚喜的結果。

讀完沼田真祐的《影裏》這本書，回頭上網搜尋當年他在芥川賞記者會上的得獎感言影片，坦白說，如果沼田真祐與我在東京街頭錯身，我大概會以為他是剛從秋葉原離開的宅男，很難想像這樣的男生原來就是寫出《影裏》如此一部文字詩意，思緒細膩，故事流動著壓抑的氣氛，站在懸崖邊的情感崩壞到搖搖欲墜，但終究控制著沒有掉下去的作家。

這不禁令我更加好奇，才寫下出道作旋即拿下芥川賞的作家，是什麼樣的背景養成，形塑他勾勒出《影裏》這本書。

《影裏》當中收錄了〈影裏〉、〈廢屋光景〉和〈陶片〉三篇短篇小說。其中同名小說〈影裏〉是沼田真祐發表的第一篇作品，一舉獲得文學界新人賞，同時奪下第一五七回（二〇一七年）芥川賞。三篇小說的篇幅都不長，故事獨立無關聯，但筆觸和節奏有著相通的氣味，貫穿的主題都呼應著三個要素——死亡、性別和歸屬感。

他的小說讀起來，很有吉田修一早期出道作如〈熱帶魚〉那時期的純文學小說氣質。情緒內斂，敘述留白，看似輕描淡寫不多說什麼的筆觸，彷彿什麼事情都點到為止，但觸及的事件，每一樁皆是冰山一角，深海下暗湧著無比沉重的人生課題。

一九七八年次的沼田真祐生於北海道小樽市。從小隨父母工作而四處遷徙，從神奈川縣、千葉縣、埼玉縣再到福岡縣。在福岡完成高中和大學學業以後，又隨父母搬到東北岩手縣的盛岡迄今。每搬家一次，生活與就學環境就隨之更迭，人際關係重新洗牌，想必對於自己和居住的那片土地，也得面臨一再磨合的適應。使我回想到在〈影裏〉故事中，作者筆下的主角今野秋一和日淺典博，在經歷過居住首都圈多年生活來到岩手以後，總有著今野所說的「自身與土地的氣息無法相融」之感慨。然而，在小說中，那份與當地人格格不入的心境，倒也成為兩個男人相濡以沫的契機。

沼田真祐一直到定居岩手之後，才終於將那些過往情緒激發成小說作品。他曾在一場座談會上表示：「東京是個適合遊玩的有趣地方，可是住在東京寫小說，對我而言充滿困難。雖然說在哪裡都可以寫小說，但〈影裏〉是只有在岩手才能寫出來的作品。」

環境對一個寫作者的影響很大，不知不覺也反映在小說裡的人物性格上。

《影裏》這三篇故事，很明顯的都看得出故事的進展，全建立在主人翁（第一人稱的我）與環境的互動上。重大的情節轉折，不是主角自己的推演，往往是被動的，來自於在某個特殊的環境中，偶然相識的關鍵友人。從那些闖進生命裡的關鍵人物，他們帶來的故事，讓主人翁的生命有了轉折。主人翁被對方影響，被對方帶領，像是跟著他／她深入一座青蔥蓊鬱的森林，發現未知的境地。縱使故事的結局都沒有詳盡說清，但你知道主人翁在歷經那些事件後，已對自己的存在價值有了翻新。

他們的醒悟皆與「死亡」脫離不了關係。〈陶片〉的主角歷經哥哥在少年時期的身亡；〈廢屋光景〉的主角面對友人的自殺；至於〈影裏〉中的日淺，今野還抱著他生死未卜的可能，然而對他的父親來說，日淺早已活著卻像死亡。那些死去的人，是一波波比３１１東日本大震災還劇烈的海嘯，在活著的人心中，伴隨著永不停歇的搖晃。

作者顯然也是關注性別議題的。在這本書裡，三篇小說都直接或間接出現男同志、女同志和性轉換的角色。縱使著墨不多，甚至隱晦，卻是在解讀這部作品時不能忽略的要素。因為他們的性向，活在這個傳統的世俗社會中，才擁有了現在的人生態度，以及看待周遭人事的世界觀。

「沒有歸屬感就會感到不安。」在〈陶片〉裡出現了這段話，或許可以總結這三篇小說裡每個人的心境。

在看似平穩的日常生活裡，我們可能都不自覺是《影裏》這本書裡，某個人物的影子。隱藏在外人不得而知的背後，心裡有個不好說的祕密，帶著不安的飄蕩。說穿了就像〈陶片〉裡出現的漂流物，每一件，就是每個人潰散的靈魂，在茫茫大海中漂流著，尋求哪一天，會被誰拾起收藏的歸屬。

然而，一旦有了歸屬，真的就是件好事嗎？又忍不住想到恩姆對香生子說的那段話：「一穩定下來，人就會孤立。光是活著，就有很多不安。」

人生啊，就是不斷充滿著光影對峙，分割不開的矛盾。

影裏

1

河濱小徑上，草叢因時值夏日而繁盛茂密。每踏出一步，尖尖的草尖便會反彈。又圓又密實完整的蜘蛛網掛在個頭高的花草間晶瑩閃亮，即使隔著一段距離都清晰可見。

走了一會兒，路徑變得開闊了。前方的草叢暗處，可見水楢泛灰的樹皮。

只不過這棵水楢，從河右岸一帶那片雜木林朝土堤斜斜倒下。而麻煩的是，它相當壯碩，不跨過它的樹幹就到不了目的地。

最近，我只要有空就一定會來生出川釣魚。昨天是星期六，不過臨時有公事要談，整個上午都在市區某家醫院客戶的醫務室商討藥品事宜。下午則是在映畫館通上閒晃，在車站前的蕎麥麵店吃吃南蠻雞肉麵，一下就過了。回到家時，天空已浮現無數朵泛紫的積雲，為黃昏做好準備。當五點的報時聲響起時，我已經站在河邊草叢中，撕著餌盒裡挑出來的大葡萄蟲蛹。

岩手真是片樹林繁茂的土地——當然，在我搬來之前就有預感了，只是一到夏天我又再度深有所感。從網路上的衛星照片便可鳥瞰那片不止覆蓋了岩手，根本是覆蓋了整個東北地方的深綠，光是看著那圖片也不難想像，總之就是山多河多，再加上森林的密度高，處處充滿了生物的氣息。

在河邊或山谷間的林道邊走邊釣魚，有時確實會感到厭倦。但只要稍微移動視線，就能看到對岸水胡桃的喬木樹梢停有鈷藍色的小鳥，或是樹蔭下的草裡虎斑游蛇抬起那顆又小又滑、看起來一副詭計多端的頭，在水面上低徊遊走。或是感受到某種氣息而一抬頭，便不偏不倚地與蹲在河邊大路上，猶如枯樹般直立的電線桿頂端那隻黑鴉鴉的猛禽四目相對。

這天不知為何，日照比平時強得多，上午氣溫就上升了不少。即使是位在北緯三十九度的這片土地，八月就是八月，很熱，不過這天的熱很特別。走在我身後半步的朋友日淺動不動就說真是個好地方，沐浴在撫過草木的風裡。

我反手把水壺遞給日淺，只見他仰脖喝得津津有味。閉上睏倦的眼皮，以手背擦嘴，指尖抹掉積在眉毛的汗珠隨手往旁邊甩。或許是昨晚的酒還在皮膚底下未散盡，頸際像剛磨過的槍身般閃著油光。

隨著河川緩和的蛇行蜿蜒，我們來到土堤全被兩岸杉樹、檜木樹影的青青綠意淹沒的地方，這裡終日不見天日，像是庭院的一個小角落。花草樹木相較於這一路走來看到的少，也顯得更加纖巧，葉緣微微透明，每一片都像回報經年累月遠離紫外線的努力般，通身油綠。心想就要看到河水注入目標釣點的白色水花了吧，抬眼望去，看到的卻是一副就是要擋人去路的那棵傾倒的樹木。

「水楢吔，今野，水楢。」

日淺叫得活像在上學路上發現死鴿子的孩子。水楢的樹葉有些特徵，所以我也一下就認出來了。可是四周一些更瘦弱、更細長的樹都立得好好的，偏偏就只有這麼大一棵樹倒在那裡，我實在不懂。我常來這條河釣魚，事實上昨天也來過，只是最近大多是以更上游的地方為起點邊走邊釣。在這個流域釣魚，仔細一想已經是整整十天前的事了。

「中元假期剛結束那時候，有一天雨下得爆大的。」

「是嘛？似乎有下雨的印象就是了。」

我還是不能接受這種說法，應付著這麼回答。日淺忿忿指著根部被沖刷出來的深坑，強調那是一種坍方。

「這種隨處可見的小溪小河，其實底下的地盤很脆弱。」

說著日淺跨坐在傾倒的樹幹上，一把拉開從我釣魚背心口袋裡取出的捲尺，往樹幹上繞，隨便就超過九十公分。

「嗯，大樹。」

日淺量到一半便出神地揚起眉毛，淡然的語氣不知在說什麼，念念有辭，然後又突然不作聲了。撫摸看似能輕易剝下的龜裂樹皮，貼著耳朵依序從樹幹上方聽到下方，顯然對這些步驟認真投入，毫不厭煩。我無事可做，便拿手機拍起朋友這副有如樹醫般的模樣。拍完確認照片時，覺得更像檢查打來的獵物是否還有心跳的獵人。

日淺這個人，無論哪種事物，就是容易對大規模的崩潰殞落感動不已。前年十月，我從總公司調來現在的分公司，還記得是到此的第一個週末，在各課聯合舉行的餐會上，有人提起當時最熱門的話題——美國大型投資銀行破產，日淺也是莫名感傷。再下一次見到日淺是那年年底最忙的時候。我們公司是賣處方藥的，那年冬天又因為流感爆發而業務繁多，當那陣忙亂煩雜總算進入尾聲的一天傍晚，我準備將打好的整疊傳票送去物流棟，就在聯絡通道上見到日淺。說是通道，其實不過是一條寬走廊擺了自動販賣機、鐵椅，兼作職員休息空間，日淺把椅子拉到窗邊卻不坐，將罐裝咖啡放在椅面上自己站著，像個畫裡的人般動也不動，只是默默地注視著寒冬落日的磅礴——在我眼中是這樣。

我們第一次交談到底說了些什麼？不要說談話內容了，連印象我都忘了。不過確實是從那天起，我們就成了會互相搭話的朋友。那年過年日淺還突然提著「鷲之尾」的一升瓶清酒出現在我位於盛岡市郊外的住處。於是去年一整年，我們一起去釣魚、摘山菜、開車到夏油那邊去賞楓，時常一起出遊。我們都喜歡日本酒，喝冷的，因為酒量也差不多，一下就混得很熟。

在我們如此親密的來往中，日淺那種容易陶醉於巨大事物崩潰的傾向，絲毫不見減弱。對於日常生活中所見所聞的敗滅百態諸相，日淺無不忠實反應，一一感嘆。他僅針對某類壯大的事物會如此，不知為何總讓我覺得十分乾脆痛快。就拿火災來說好了，對燒掉一、兩棟住家這種程度的，他興趣缺缺，反應冷淡，若是燒光幾百公頃土地的大規模森林火災，他就態度丕變，反應強烈。滅火的消息一公布，便驅車去看燒毀的遺跡。我不由認定他這個人的神經對萬事萬物是感佩而非同情的那種，覺得很有意思。

就好比此刻，我們終於到了目標釣點，他雖然小心控制釣竿不去勾到頭上高高伸展的杉樹枝，卻心不在焉。要是不說話，就表示日淺還一直沉浸在追憶水楢或其他七葉樹、白柳這些令他深深留戀的傾倒的樹木之中，無心釣魚。而我也會像這天一樣，明明釣魚不是我的主要目的，但一站在河邊，就少了幾分耐性。我往他背上一拍，說釣夠了吧，我們回去再騎馬騎個過癮，日淺卻望著抹掉鼻子出油的手指半晌，然後有點急躁地搖搖頭，將釣竿靠在肩上。不愧是釣魚老手，只見他一次就將三顆鮭魚卵掛上鈎，一顆都沒破，再斜斜豎起釣竿，只動了動手腕輕輕往旁邊甩。釣線是尼龍線，靠著線本身的重量便像邊鞦韆般晃過河面，正確地落在幾乎快到對岸的深處。鮭魚卵在清冷的河水裡漂著，紅色略顯白濁，轉眼便消失在水底。

那是一個積雪仍深的二月早上。這裡二月也是特別冷，馬路上整天都結著冰。那天我沒趕上班次不多的公車，便開自己的車上班。開車穿的短靴底很薄，踩油門、煞車是很方便，但完全不適合步行，所以我一下車就打滑。從停車場到員工出入口這段路，為了避免滑倒，我每走一步腳尖都要使勁，比我晚來的兩個同事半路便追上我，也才從年長的那位口中得知日淺突然辭職了。

我是頗為驚訝，但要想像一直到四十歲、五十歲日淺還在倉庫任職的模樣，對我而言才更困難。物流課除了課長和底下的兩名員工，沒有半個正職的。不像事務課從高中剛畢業的十八歲到年過六十的老手都有，年齡層廣泛，物流課基本上是不會有出頭天的。我倒也不是認為日淺不會永遠甘於這種低劣的待遇，只是在我眼中，日淺像是生錯了時代。我常暗自幻想，他若活在江戶中期會是什麼樣。我想像他應該會獨自投入一些與眾不同的工作，好比滑著小舟在海上測量海岸線，或馴鳶養鴉，以作為村子裡的通信工具之類的。

我認為他的離職就和冬鳥因季節一到便向北出發一樣，更傾向於支持他，可當我發現失去聯絡方式時，還是不禁洩了氣。之前我們都是在公司裡遇到，當下說好去哪裡釣魚喝酒，現在就不行了。日淺沒有手機，他拿的是公司配的ＰＨＳ兼作私人使用，只接不打。這支手機當然在他離職的同時歸還公司，所以我再也聯絡不到日淺，就算打了接起來的也不會是他。

我覺得他有點見外。二月過了，到了三月河釣解禁，我因為沒有同行的釣友而悶著不能去。單獨開車走積雪仍深的山路很危險，氣溫也還很低，就這樣一直沒去釣魚轉眼到了四月。四月過了五天，下雪的日子少了，空氣也變暖了，好幾個月以來被統一成黑白色調的風景，因水仙連翹開花，多了黃色點綴。早上等公車時，會聽到雲雀在高處的叫聲了。想去釣魚想得要命，這單純到可笑的欲望竟然如此讓人心癢難耐，連我自己都瞠目結舌。

我很自然地走向以前在公司裡經常遇見日淺的各個角落。不是單純地耽湎於追憶，而是在那些地方尋找日淺那樣一個人物，尋找那個喜歡釣魚，擅長開車又熟悉山路，好相處的同世代單身男子，可以一起乾掉一升日本酒的酒友——簡單來說就是找朋友。

上司見我在公司裡失神亂晃，半開玩笑地罵我怠職。都有人在職場裡找到未來的另一半，找個朋友何錯之有？——我其實有點想這樣反問。一天午休，在藥品倉庫進貨處巧遇了兼職員工西山太太，她說「這人又跑來了」時，我倒是真的一陣心旌搖惑。

「你要找『課長』的話，他不在這裡喔，已經離職了。」

趕著下午出貨要用的塑膠瓦楞板堆積如山，所形成的影子遮掩下，看不清她的表情，不過感覺沒有在笑。以前日淺只要手上沒事就常在這裡幫忙驗貨。他疊起已打包好的紙箱速度很快，倉庫裡大多是女性，她們都叫他紙箱課長，很倚重他。

「你一定很想他吧，畢竟你們感情那麼好。」

「不是啦，我只是為了提振精神才來這裡。」

我笑著做了在手臂打針的動作。這個倉庫有間類似火藥庫的小房間，專用來存放嗎啡、可待因這些管制類藥品。

「不過啊，我說真的，你那張臉，看來根本就像有戒斷症狀。」

在旁邊扒便當的配送司機小關先生，拿免洗筷假裝是釣竿做了個拋竿動作。

我雖不至於產生幻覺，然而網兜裡魚鱗閃出的金光、水面上映出的鳥影倒是經常入夢。洗完碗，水都關了，耳中深處還是水聲隱隱，漸漸地變成山中小河潺潺的聲音在腦中作響，也許真的是一種戒斷症狀。

四月底，我參加了一回釣魚活動，是由本地的釣具店主辦，有點像是為推廣銷售而辦的。有三名據說是常客的年長釣師、兩個結伴同來的大學生、一個四十來歲的男子帶著他的兒子，一行九人共乘一輛釣具店的小巴，在十點前抵達猿石川。不到十二點，我已釣到四條體型不小的山女魚。中餐是由帶隊的釣具店店員用他釣到的魚依人數做了鹽烤魚，搭配竹筍炊飯供給我們吃。飯後還體驗了汲附近的湧泉沖泡咖啡。下午三點收竿，車身花花綠綠印著釣具店商標的小巴送我們回市區，在各個點放乘客下車。

下午有人釣到大魚，是條超過三十公分的公魚，魚嘴像紅鮭呈勾型，體型壯碩的二年生。我總共釣到十條，成績尚可。在空氣澄淨的河畔吃的午餐很可口，天氣也晴朗宜人適合釣魚，可我還是覺得少了什麼。開年後首次釣魚帶來的喜悅仍比不上失落，和在場其他人連閒話家常都說不好的自己令人焦躁。

日淺來自與盛岡市相鄰的瀧澤村。據說母親早逝，與父親兩人住在老家。他去上了東京的大學，畢業後返鄉。據他本人說，返鄉後說話就完全不帶東北腔了，其實說起話來還是常常會露出一些蛛絲馬跡，好比除了開頭之外的「e」的音聽起來很像「i」就是。只不過，要我說的話，比起口音，日淺和當地人更加不同的是自我意識。

我雖然沒住過東京，但從小就一直生活在首都近郊，自然而然會染上都心的氣息，所以我知道日淺身上也有那種感覺，就是與當地無法相融。如果說這是一種由於根本上根的稀薄而衍生出的虛張聲勢之感，會太武斷嗎？我調到岩手以來，與其他的同事都無法深交，只跟日淺混在一起，直至此時才發現自己的弱點。我必須從頭開始，再次努力熟悉這片土地。

五月，我發現了自己的私房河，離我住的公寓騎腳踏車不到十分鐘的近郊處。有個部落客曾公然聲稱只要是注入北上川的河流，再小的小溪小溝都能釣到山女魚。而那是一條土堤很高、河面不到七公尺的細流，看來是條農業水道，偶爾會有秧苗或菜屑流過，一往深處下鉤，還的確沒兩下山女魚就上鉤了。大多是十五公分以下的小魚，有時也能釣到二十五公分以上的大魚。我上網查到這條河好像叫生出川，從地圖上看，自源流的水源地到注入北上川的流程，直線距離不到三公里，非常短，水溫應該也很穩定，要是沒有禁釣的規定，肯定一年到頭都能在此享受釣魚樂趣。

從此我有事沒事就往這條河跑。經過市政府，過了鶴飼橋便來到S國中的正門。越過在田地間號誌燈閃爍的平交道，穿過一片老舊農家林立的住宅，不久盡頭便是一間寺廟。接下來便是一道坡度略陡的上坡，中途左手邊有條岔路，遠遠即可看見前方架著一座小橋。沿著河走上一小段，便有個小瀑布般的落差，只有那裡有相當的水深，大魚大多都是在這裡釣到的。

被拉上土堤的碩大魚身笨重地彈來彈去，以身上的黏液使勁地弄髒四周的草地之後，把身體弓成一根香蕉似地彈飛到半空中。色澤像極五圓硬幣的魚鱗披著葉縫間灑下的陽光，在河面上閃出一瞬金光後，以頭著地。

「又是三塊魚，釣都釣不完啊。」

日淺徒手抓起魚往河裡一扔，搞得整個手心黏糊糊的，便在腳邊的水窪裡嘩啦嘩啦洗起手來。

「真是三塊魚的樂園啊，這條河。」

開釣才半個鐘頭，就已經釣到十一條珠星三塊魚了。日淺並沒有釣後放流的觀念，平常不是直接把魚放進魚簍，就是當場剖開魚肚，用款冬葉之類的包起來。不過這是山女魚和紅點鮭才享有的待遇，其他魚類一取出釣鉤就隨便往河裡扔。和日淺一樣，三塊魚在我心中排名很低，這種魚很像野生鯉魚，實際上也是鯉科，明明那麼貪吃卻沒什麼力氣，釣起來很無趣。別的不說，賣相就不好，明明是魚卻長了一張馬臉，吃起來的味道也不怎麼樣，在專釣山女魚的釣客之中，還有人鄙夷地稱之為釣餌小偷。

「快滾到下游去，去去去。」

都已經回到河裡了，那條珠星三塊魚還磨磨蹭蹭地在岸邊淺灘上拖拖拉拉地露出魚背，無意離開，我開口罵牠。

「剛才那條，應該有四十公分吧。」

「走吧，帶你去我昨天釣到大魚的地方，那裡應該還有。」

「不了，我在這裡還挺享受的。」

「童心大起無所不釣了嗎？」

「對，無所不釣。不知道為什麼，就是讓人樂此不疲。」

才說完，日淺便又拋了竿。從第三竿起，就不再用鮭魚卵當餌，而是抓附近在草葉背面、花蕊間伺機而動的甲蟲來代替。

很快便有魚上鉤。只見釣竿大幅彎曲，但線並沒有往上游走。看釣線笨拙生硬地扭動，像是小動物在水裡掙扎亂蹦，就知道不是山女魚，那是典型的三塊魚的動法。

「好大，線會斷！」

撈網、撈網！日淺誇張地大喊大叫，或左或右地控制釣竿。我在這條河專用的魚線是1.0號的，而且是用直結綁上魚鉤，除非釣到怪物不然是扯不斷的。我心想乾脆讓它斷吧，也放棄拿撈網接，默默注視著河面。

「第十二條！」

在半空中翻騰的魚身發出的光芒有些泛白，讓我一瞬間期待會不會是山女魚，但拔蘿蔔似地被從河裡拉上土堤，在草地上彈跳掙扎的，是如假包換的三塊魚。背上宛如潑了大量黑漆、威風八面的一條大魚，腹部是刺眼的乳白色，上面有斷斷續續的紅線。五十二公分，創下我的三塊魚新紀錄——日淺誇耀地高舉手臂。

「我都想做魚拓了。」

收起捲尺，日淺便一屁股坐在草地上，將手肘支在膝上，低下頭。那條三塊魚的血從鰓間直滴到尾鰭，恨恨地喘著氣躺在他的雙腿之間。日淺撩起襯衫衣擺，一把將汗抹乾，身上的酒精味已消。只見他點起菸，享受地緩緩呼煙，滿足的樣子讓人想起多年前釣起黑皮旗魚後享受雪茄的美國釣師，頗具懷舊感，一臉「一打大三塊魚的狂熱不遜於一尾黑皮旗魚的榮耀」，好不得意。

「我很喜歡這裡，以後我也要自己來。」

「我本來很期待能讓你說『這裡真是山女魚樂園』的。」

「不會啦，我就是渴望單純的釣魚。最近什麼事都又小又憋，一點意思都沒有唄？夭壽大的三塊魚、夭壽大的水楢，這條河很單純，很好。」

聽他這麼說，身為嚮導，我感到滿足，實際卻又面目掃地，心情複雜，默默低頭看著日淺的髮旋和雙腿之間的大三塊魚，與這種感覺相似的無力感並不陌生。還記得那天我接過日淺遞過來的名片，對著上面印的幾行字和他的臉來回看了一樣久的時間，有些出神。

「我還是不喝酒了，還在上班時間。」

日淺望著本來要拉開拉環的啤酒罐，依依不捨地這麼說。

「我剛好到這附近跑業務，順便過來打聲招呼。」

名片上印的是「株式會社AISIN，禮儀經理日淺典博」。我問說「你找到工作了啊」，他回答其實二月就到職了。聽到明確的日期我吃了一驚，日淺辭職後不到兩天就到新公司上班了。放在桌上的文宣封面上條列出「本互助會五大優惠」。主要的工作是爭取會員，也就是所謂的訪問型買賣。鼓脹的公事包勉強維持不倒，壓著織花涼蓆一角。日淺說，裡面只塞了影印來的Zenrin出版社的地圖，沒有看起來那麼重。

「你看看這個。」

他一副難為情的樣子，手伸進公事包的外袋，拿出一張折成八分之一的厚紙。張開到對折後遞給我，我打開一看，「岩手分部五月MVP日淺典博」這幾個字映入眼簾。這張獎狀是表揚他五月獲得三十七份合約，拿到岩手縣最佳成績。

「岩手第一啊。」我總算找到話說。

「可是一天能拿到幾份？」

「拿不到的時候，跑十天連一份都拿不到。」

日淺心情極佳。

「吃閉門羹是家常便飯。一開始是很讓人喪氣，不過習慣了就覺得沒什麼大不了的。」

「一個月交二千就能辦啊，這會場挺氣派的。」

我的視線再一次落在文宣上。新郎新娘在白牆教堂喜笑顏開，好不幸福，過度調亮的照片因手的影子而黯淡。

「不少人擔心結婚的事，可也不少獨居老人操心著身後事。他們有的又行動不方便，想在生前安排好以減輕不安，卻沒辦法出門找人商量。」

「所以你們這些業務部隊就出現了。」

「當下只要在申請書上簽名蓋章，接著按月繳費就行了。」

「原來如此，這麼簡單。」

「上次我去箱清水那一帶拜訪，有個尿騷味重得要命的老先生從一間破爛房子裡出來，結果他竟然簽了。而且我要走的時候，他一直對我行禮，說『辛苦了，謝謝你』，之後還寄感謝函到公司給我。我實在沒想到，賣個東西會被人家這麼感謝。」

見到穿西裝打領帶的日淺感覺很新鮮。以前的日淺，夏天常穿綠色馬球衫，冬天則是厚工作服。眼前老氣的酒瓶型領帶加變形蟲圖案大可調侃一番，但上了亮光髮蠟活像沖天雞冠的髮型就讓人笑不出來了。曾誇口說已經超過十年沒上過理髮廳、區區頭髮自己動手打理就行了的日淺，過去那種豪爽、活像自由工作者的感覺，現在連一點影子都不剩。

我送日淺到他住處前的柏油路。六月青色的薄暮中，蛙鳴響亮。平常是下方田地裡的叫聲吵到不行，這一晚卻神奇的不是從田地，而是從路樹傳來的，我猜想那應該是雨蛙。

我看看錶。睽違四個月的相逢，差不多二十分鐘就結束了。不久，他朋友的廂型車出現，我們彼此輕輕舉手道別。

望著遠去的車尾燈，我想起來了，第一次和日淺一起在家裡喝酒那天的事。我叫他留下來過夜，但他就是堅持要找代駕。打了電話，要等一段時間代駕才會到。不知道怎麼聊的，我向日淺提起大學時代因為研究活動的關係，我很早便去過中南半島以難民為題取材了，這是我最自豪的一件事。就在此時，代駕打電話通知已抵達，日淺一站起來，「我啊，」我記得日淺是這樣說的，「我最自豪的，就是我沒有任何值得自豪的事。」

門上的信箱夾著一張紙，抽出來一看，是家用高壓清洗機的廣告單。我伸手要去握門把時，發現腳邊有好幾根菸蒂，是Gauloises

Legeres的。沒有多少店家在賣這個法國牌子的菸，日淺每次看到都會多囤幾盒。我心想他也沒多忙嘛，當場把廣告單折成三角形做成畚箕，一口氣剷起菸蒂，連單子一起丟進大門一角的住戶專用垃圾筒。

2

冷冷的野風帶著濕度，掠過寬闊的河面吹上導演椅，每來一陣風，擺在桌上的鈦金盤和露營杯就會微微發顫。一過九月中，河灘上秋色驟然加深，更別說到了黃昏，寒意又再深了一層。蟲鳴和蜻蜓亂舞盛況不再，唯有貨運列車偶爾行經對岸鐵路的隆隆聲，傳來生物般的脈動，填滿寧靜。

酒、菜都是來的路上順路去洋酒專賣店Testavin買的。那裡的進口食品比想像中便宜，種類也很豐富，但我只拿了鹹派和瓶裝醃黃瓜，就結帳出來了。店內播放著輕快活潑的騷莎音樂，然而客人和店員都靜悄悄地沒半點聲響，我實在待不住。

我懷著雨天要去遊樂園般忐忑的心情，在六點多時來到這片河灘。車子就停在據說是井上喜久雄先生盛夏時一鏟一鏟努力剷平的那塊地上。藍色的Jimny還沒來。劃分田地和河灘的草叢中，有日淺說的臨時建築（pavilion）。那是個幾坪大的小屋，沒有門也沒有地板，三面以合板圍住，上面鋪了白鐵板。平常用來放東西，據說屋主有時候會在裡面小睡，我看了一下，並沒有人。

我想至少要在夜幕低垂之前先做好一些簡單的準備，便提早一點到，可是擺好折疊式的桌椅，放上提燈和餐具，就無事可做了。我想起日淺說可以抽個菸，便回到小屋，從掛在牆上木釘的一個採收農穫用的紅色網袋裡摸出一盒已開封的Marlboro，抽出兩根。日淺在電話裡提醒我，可以隨便抽，不過不要整盒拿走。今年四月，井上先生迎接七十大壽的同時也開始戒菸，不知情的二兒子回來過中元時帶了三條菸當伴手禮。井上先生不知如何處置，便用來款客，據說日淺已抽掉四盒了。

井上先生是日淺在進入Aisin沒多久，剛完成新進人員培訓課程，在岩手町內自己一人開始訪問推銷時認識的。井上先生是他獨力爭取到合約的第一個客戶，此後每次經過他家附近，日淺都會過來探個頭，天南地北地聊，久而久之也就混熟了。聽說井上先生時不時就遞一包院子裡種的行者大蒜給日淺，也請他吃過一、兩次晚飯。

這天從早上起，就連續收到幾則難得的聯絡。是兩年前公司正式決定要將我調派到岩手時，歷經多次沉悶到令人窒息的談話而後分手便音訊全無的副嶋和哉發來的電子郵件。當我繫好腰帶，把領帶從襯衫領口垂到腹部時，電腦收到信的電子音響了。信的開頭是「現在正在仙台出差，突然想跟你聯絡一下」，信中又說明天早上就要搭新幹線回去。非常符合和哉的風格，行文簡潔，那一看便令人感到冷漠生硬的文章，雖然沒寫什麼「見個面吧」之類的話，但我回信給他說「再往北一點就是盛岡了，下次有機會來東北時先跟我說一聲，可以帶你到處看看」。我是從手機回信的，好順便給他我的新電子信箱。出了公寓來到公車站，不久要搭的公車來了，我照例坐到右前方的座位時，收到了妹妹的來信。距離上一封有半年，不，一年了吧。她在信裡說，考慮在明年，快的話明年六月，和男友登記結婚，婚禮辦不辦再說，事前也許會安排兩家碰個面，到時候就拜託啦云云。我簡單回了信，要她確定日期就告訴我。

妹妹小我四歲，今年二十七，我尋思著這正是和哉與我分手時的年紀。那時候如果和哉發了像妹妹這樣的信給家裡的人會怎麼樣？我們不就跟結婚沒兩樣嗎？和哉有一個哥哥，但包括這個哥哥在內，他和家人的關係似乎都很疏遠。不如說，印象中，他們的狀況比較接近是完全斷絕關係。我自己也沒有把和哉介紹給家人，即使如此我們還是在一起了兩年。那個時期我正處在工作上第一次遇到的大麻煩，那感覺好像是所有憤恨不滿的衝動結成一團，卡在喉嚨深處，心頭苦悶異常。

公司告知要將我外派岩手時，我打從心底鬆了一口氣。收到的人事命令彷彿一紙簽證，將帶我通往更有魅力的人生，顯得耀眼又值得期待。我滿心都是新天地的生活，想著要調整心情，在北國重新振作，把其他的一切當成一綑舊雜誌，再也不屑一顧。不光是至今建立起來的人際關係、住得厭膩的首都近郊那無趣的街道，就連與和哉的事也包括在內。

上午，過去的自己那樂觀的側臉不時閃現，不禁心生煩厭，一方面也是這一天相對較為清閒的關係。廁所裡，自己在鏡中Y型瘦長剪裁的西裝和和風樹脂眼鏡的身影與兩年前沒有多少改變。回到辦公桌前，沒有急事，想起要複查未處理的客訴，相關意見書的提交日期也快到了。我面對電腦螢幕，正仔細核對書面數字和檔案中的文件時，滑鼠旁的手機亮了。是日淺打來的，響了幾下就掛斷，幾分鐘後又閃了起來，劈頭第一句話就是「走，去拖底釣香魚」。我跑進吸菸室，所幸沒人，才能問他詳情。今晚七點，地點在鷺澤的公車站附近的北上河畔。去年水災被淹掉之後搭建的便橋上游那邊的山腳下，有一條以銳角切進去的碎石產業道路，從那裡可以下到河灘。田地一角的小屋旁邊的地已整過，可以停車，還說了他和那塊地的地主混熟的經過。右岸也有類似的產業道路和臨時建築，要小心別弄錯了，是左岸，日淺特別強調這一點。

「鹽烤香魚嗎？那就一定要喝一杯了吧？」我問。

「升火喝到天亮唄。睡袋我借你，睡車上就行了。你明天不用上班吧？」

日淺說酒、吃的和菸都不用帶，人來就好。這樣實在不好意思，我表示我可以準備椅子和簡單的餐桌，他爽快回說好那倒是很有用。

我開著車，也知道自己莫名興奮。當著忙碌的同事面前，只有我準時下班不免令人退縮，但我告訴自己，上個月我不也一直爆肝加班。日淺說這是要謝我，當然不至於誇張到不顧一切也要去，不過就算得排除一些困難，我也必須去一趟河灘。

八月底日淺突然現身了。和再十天前他臨時跑來的那次同一個時間，晚上九點過後。我猜想會不會又要喝到半夜，隔天再跨過水楢去釣三塊魚，一邊隔著茶几在對面地板擺上一個坐墊的時候，日淺從沙發上站起來。

「今野，抱歉。」

由於燈光的關係他的額頭特別白亮，看不見眼神。

「你能不能加入互助會？我就差一份合約。」

將日淺這時候說得又急又快的內容概括一下，便是眼看他無望達到半年六十份合約的低標，也就是如果不在這個月內也就是今天再簽下一份，就會被開除。

「六月我拿到五十份就鬆懈了，沒想到夏天一無所獲。昨天我還去拜託同事的前女友，今天也四處去拜託，能做的都做了，最後只剩今野你了。」

我依照他的指示在三張文件分別填入必要事項，邊說：

「後來我也一直在考慮這件事。一個月二千就能租到那個場地，還滿吸引人的啊。」

我腦海裡浮現了那兩個在白色陽台上相倚而立的模特兒。記憶中有新娘燦爛的笑容，卻怎麼也想不起新郎的臉。

「而且我年紀也不小了，雖然八字也還沒一撇就是了。」說完，那個新娘的笑容一瞬間和妹妹、和哉的重疊。

「保證不會讓你吃虧的。」

日淺收好文件，說他必須立刻趕回事務所，我跟在他後面來到玄關。

「我會跟負責婚宴會場的那些同事好好交代，今野秋一的婚禮絕對不能怠慢了。」

日淺笨拙地使用鞋拔，動作生澀得讓旁邊人看了替他毛燥了起來。我真的認為他不需要這種東西，鞋後跟又怎樣，跟以前一樣踩著穿就好了。

慢走——我朝他單薄的背說。一想到這人恐怕是十天前開不了口空手而回，我就恨自己遲鈍。等我轉正職就請你吃飯，吃燒肉好了——日淺這樣說，門關上了。沒多久，公寓前的馬路上響起熟悉的Jimny引擎厚實的起動聲，油門輕輕空轉的震動透過室內拖鞋傳上來。

＊　＊　＊

一回到家，我就把毯子扔在沙發上，醃黃瓜和鹹派裝在紙袋沒拿出來，就放在流理台上。打開電視，播放的節目是一男一女的資深演員緬懷青春年少的昭和時光，互相介紹一首充滿回憶的流行歌曲。這個時間要稱為深夜還太早，我倒出製冰盒裡的冰塊，裝了滿滿一馬克杯。捨玻璃杯用馬克杯，我這幾年習慣這樣喝波本威士忌。

手空著沒事便打開手機，分別重讀了早上和哉及妹妹的來信，也看了自己回覆的內容。他們都沒有再回，日淺也沒有發訊息給我。

從一開始，我們雙方都異常緊張。一看到露營燈下照得清清楚楚的桌椅組，日淺便撇嘴譏笑「這是怎樣，辦家家酒嗎？」我裝傻說「誰叫你說醫院別棟（pavilion，與前面出現的臨時建築同字），我就錯亂了。」他露出他那遇到什麼不爽的事或聽到會惹他不爽的話時的習慣性表情，不耐煩地搖頭。「今天又沒那麼冷。」對我蓋在腿上的Tweedmill羊毛毯、身上的白色羽絨背心、刷毛脖圍都沒放過，還酸我說男人一戴上毛線帽就活像個奶瓶，教人看不下去。一直等到他把我的服裝全部批了一輪，開始對我停車的位置挑毛病時，我終於出聲打斷他，「夠了喔！」口氣不免有些衝。他說「你後輪壓到田地了，現在馬上去喬。」要我去調整。

不過，釣魚的過程還是痛快的。這時已經是季末，真的是最後的最後了，收穫不怎麼豐碩，但在夜色中甩出長達十公尺的長竿，劃破冷空氣的咻咻聲響得凌厲。一次鉤到三條大魚時，釣竿彎得幅度，就連在黑夜中都看得出來。這種釣法很殘暴，是把七個錨型魚鉤以長長的綁鉤線等距沉在河底拖動，去鉤住泳動的魚。

我一拉上來就把魚放進腳邊的水桶。要摘下刺進魚鰓等軟骨部位的魚鉤時，露營燈的燈光很管用。「數量還可以，只是體型好小。」我把水桶裡的內容物給日淺看，他吐了這一句評論。除了香魚還有幾條三塊魚，也有山女魚和紅點鮭。我知道在我揮竿的期間，日淺忙著準備篝火。他親自示範釣了幾條之後，就把釣竿給我，堆起河灘的鵝卵石，大概是在砌爐。火已經燒旺了，火焰無聲但熱烈地在爐中上下搖晃，顏色很淡，很美。我呆望著，日淺說燒的是漂流木，夏天因工作遠征秋田時，順路去了趟海邊喘口氣，和女同事在岸邊撿的。

「這火好像玻璃啊。」

我這麼說，兩把椅子同時發出承重的聲響。我把一邊的手肘靠在桌上，日淺便也呼應般把手放上來。

「漂流木可是最優質的木柴。」

一旦進入這類話題，日淺便頓時魅力四射。「每一根漂流木燃燒的速度不同，重點在於是否徹底乾燥，但沒有點燃誰也看不出來，其實我是想燒一整根樹幹的……」看著日淺口若懸河大談這些雜學，我的心情多少也舒坦了些。只是這一夜的日淺很陰鬱，整體來說他顯得攻擊性強，箭拔弩張。論起漂流木之美時，舉出了兩、三則尖銳的比較，明顯是在影射我。於是我從水桶的香魚裡特別挑出母魚——這個時期香魚到下游來產卵，吃香魚最精華的就是魚卵——串上竹籤灑上粗鹽，圍著火爐插好，然後拒絕了日淺勸的酒。

「喂，別那麼嚴肅啦。」

無意掩飾困惑之色的日淺低吼，旋即略略放低聲音，

「這可是田酒吔！」

他從腳邊的公事包裡，抓出一只綠色的四合瓶放在桌上。頭一次看見實物的銘酒肩標有一半在陰影裡，從我所在的位置只能看到「田」。

「哪有人不喝這個就回去的，那不是怪，是狂了。」

日淺再度拿起紙杯，舉到眼睛的高度，隔著杯緣看著我。

「不了，我還是不喝了。」

我放下酒，拿起露營杯，裡面大約三分之一杯喝剩的咖啡早就變冷走味，毫無香氣可言。

「我得回去，明天還要上班。」

說著我不禁支吾起來，清楚感覺到謊言被看穿了。烤香魚香氣撲鼻。「真會說。」日淺口中罵著，手中拿著酒杯一動也不動，我硬是用自己的咖啡杯去碰了一下跟他乾杯。

「管他那麼多，喝啦。才四合，一下就沒了。」

說完日淺站起來，朝車子走去。大概是下班直接趕來的吧，黑西裝加皮鞋，在深藍的夜色中顯得格外黑，像個走動的影子。

對岸的鐵路來了一班車。不是貨運，是只有兩節車廂的火車。我甚至有乾脆跳上車、隨便找個小車站附近的居酒屋喝點熱清酒的心情。

日淺走回篝火旁，一路踢開河原上的石頭，發出好大的聲響。雙手各拿著一升裝的紙盒日本清酒，都是南部美人的普通等級。看他咚的一聲隨手把兩盒酒放在本來就不穩的桌上，我的心情也有點動搖，但我還是堅持要回去，幾乎已經是賭氣了。

香魚烤好了，我半機械式地吃起連竹籤一起盛盤的香魚，不覺也吃了四條。用餐中那尷尬的沉默也持續著。日淺咬了一口最先烤好的那條香魚的魚肚，咕噥著說「沒什麼蛋嘛！」就不再碰了，自顧自獨酌。後來漂流木燒完了，日淺開始添一般木柴時，一輛小卡車滑也似地從橋下開來，毫不減速駛過篝火旁，停在Jimny和Vitz中間。

「唷。」

一名年長的男子舉起一隻手打招呼，下了車。

「一定是井上先生。」

日淺自言自語般冒出一句。

「我看你們喝了不少嘛？」

他個頭雖小，但從成套的運動服底下感覺得出體型健康結實。

「才九點多咧。」

井上先生做出喝酒的動作，開朗地笑了，朝篝火走來。

「都醉啦？」

「哪有，沒有人喝醉。」

接下來日淺只跟這位老先生說話，正式開喝。日淺把椅子讓給老人，拿外套鋪在篝火前，盤腿坐在上面。拿水桶去照光，從中挑出山女魚，拿刀剖肚後以舞串的方式串好。井上先生解釋河魚他只吃山女魚。我也簡單自我介紹了一下，打開我帶來的那一小瓶醃黃瓜，用牙籤戳一根出來請老先生嘗嘗。老先生咬了一口，便皺起一張臉喊酸。

「是唄？這種洋玩意兒我們才不吃。」

日淺打開井上先生帶來的香酥豆，全部倒進盤裡。

「這個好吃多了。」

大聲嚼著豆子，直盯著火堆點頭。

夜深了。井上先生非常隨和好相處，他說他來自二戶，南部美人是他們當地的酒，平常都喝這個，隨手自己斟酒，一杯乾過一杯。說他有一陣子熱中獵鹿，也很熟悉縣南部的山區和溪流。其間也說起一些很有意思的話題，好比去進岩泉的松茸山時的烏龍事、近幾年三陸地方意外頻傳的捕獵夾等等，可惜他口音很重，我只聽得懂一半。每當我堅辭老人伸過來要為我倒酒的日本酒紙盒，日淺一定會起鬨，一再說「他不行啦、他不會喝。」

沖過澡回到廚房，馬克杯裡的冰融得差不多，都要變成較濃的威士忌加水了。後悔湧上心頭，覺得自己或許有點幼稚。加了冰倒了威士忌，拿調理筷尾端攪幾下。開放式流理台的另一邊是代替餐桌的工作檯，再過去是客廳。窗邊那盆茉莉在立燈燈光下形成好幾重葉蔭。這盆茉莉從別人手裡來到我身邊已經五年多了，卻還沒開過花。地上鋪的仿皮草地墊品質極佳，是我搬來岩手時大手筆買的。電視正在播放剛才那個節目的片尾。捲起來丟在沙發扶手上的毛毯在微暗中，看起來像隻中型犬躺在那裡。

喝完威士忌，我著手收拾善後。用鋼絲球用力刷「戶外活動菜鳥才會成套買的」鈦合金盤，洗好「手頭闊綽才會隨便下手的」GSI濾滲式咖啡壺，擦乾。噴槍和提燈放進玄關旁的儲物間，特意把「享有外派加給待遇的總公司員工，瞎拼刷卡不手軟，一定很爽」的羔羊絨背心從衣櫥的前面移到後面。

沒什麼想做的事，即便在充斥著自命清高文青調調的客廳也放鬆不了。我坐在寢室的書桌前，打開外出時也沒有關機的電腦寫信。本來打算只寫幾行卻寫出了三、四段，標點特多，最後空了一行打完問候語統計字數，隨便一寫就超過二千字。出差累得半死卻收到這種長文，不論是和哉還是誰都受不了吧。我首先就發現開頭的「這麼忙還發信給我」云云，和今天早上由手機發出去的信差不了多少。「不必回信」這個主旨也不太對勁，擺明了就是叫人家一定要回。

打好的信我沒發就刪了，關了應用程式。看看螢幕上顯示的時間，二十二點五十七分，還不到自哀自憐的時間。我沒拔掉充電線直接就在「聯絡人」裡找副嶋和哉的名字，應該和一些朋友一起存在「其他」的群組裡。

「嚇我一跳，好突然喔。」

接電話的是一個沉穩的女聲，與記憶中的面容搭不起來。

「不過，也沒有什麼事是不突然的啦。」

我想起大概是分手前的那個夏天吧，和哉公開表示他打算動性別重置手術。

「突然想念起過去，也沒什麼事，所以這通電話沒什麼意義。」

「三八。」

那邊大概也在喝酒吧，好久沒聽到的放鬆的女聲聽起來很舒服。

「沒事就不能聯絡喔？那我早上發的信也沒意義啊。」

「說起來，算是你那封信的回應吧。那封信開了頭，一直到這時候還餘波蕩漾，最後就變成打電話了。」

「我也猜到是這樣才接的。」

昨天晚上到仙台，在飯店附近吃了牛舌，偌大的店裡只有自己是一個人吃飯，味道也沒有多特別。今天白天有分店的業務陪同，做了兩次簡報。下午他們會計部長趁業務會議的空檔，帶我去了第一家賣中華冷麵的店。明天中午前要回到東京，交了報告就可以下班。雖然是只過一夜的短程出差（其實也可以當天來回），還是得買個伴手禮回去吧？聽說竹葉魚板和毛豆泥都容易壞，不過反正會放冰箱，再怎麼樣到星期一也不會壞吧？你覺得呢？還是該省省事選餅乾最保險？或萩之月之類的？

那個食量小的和哉竟然會說出這麼多食物的名稱，真教人意外。他已經不在之前的電子零件製造商，現在在東京都內一家公關活動公司上班也讓我很驚訝。我聽到一聲牙齒觸碰金屬的響聲，一問之下——

「對，我正在喝酒，喝冰結。」

他笑著回答。

「一個人喝啊？不過我也是。」

「太典型，你一定隨便都想像得出來。就商務飯店的房間啊，坐在很像化妝台的寫字桌那種圓圓的椅子上。剛洗完澡，所以現在光著腳，房間鋪地毯，打赤腳也滿舒服的，電視當然是不看也開著。」

「然後明明很睏，頭髮卻還沒乾。」

「嘴巴很饞就吃起Cheeza之類的餅乾，然後又胃食道逆流。啊，不好意思。」

和哉咳了一陣子。我邊問他要不要緊，邊拔掉充電線走出寢室，拿起被我擱在流理台上的馬克杯。威士忌加冰又變成濃濃的威士忌加水了。我沒回寢室，就這樣在沙發上坐下來，已經不需要刻意努力就能待在客廳了。

「旅館的費用啊，今晚的公司應該會出，不過昨天是我自己跑來住的，就要自己付了。」

「因為你最受不了一大早匆匆忙忙趕去品川。」

「沒錯。你真了解我。」

音樂聲停止了。大半夜的，音量我應該是調低了，只是磅礡華麗的電影配樂演奏一停，室內好像剎時褪了色。我哆嗦了一下，便把毯子拉過來，懶得去關開著靜音的電視，也不想站起來換ＣＤ。下個月，我在岩手的生活就要進入第三年了，難不成這意味著也到了某個界限嗎？剛才和和哉通話時，我忍不住說了一些接近抱怨的話——我在這裡沒朋友，冬天實在很讓人鬱悶。只這麼一句，和哉卻敏感地反應了。

「你會不會東比西比的比過頭了？」

說得有點話中有話，好像要接「跟以前一樣」似的。

「我也是，最近對單打獨鬥的痛苦有很多切身的感受。」

「話說釣魚還滿開心的就是了。」

「可是三年就能回來了不是嗎？只要再忍耐一年就好了。」

這件事倒是經常會在腦海中閃現。公司並沒有告知明確的任期，只是從前輩的動向看來，每個都像掛保證似的，外派經過三年就會調回總公司，也有少數幾個人大概是和外派地點水土超合吧，反而向人事提出申請繼續外放，或是乾脆在當地換了新工作而留下來。

藤吉前輩就是其中之一。我進公司後的前兩年教導我、引領我，不僅僅是負責帶我的前輩，更是我的恩人，卻在三十四、五歲調到長野松本市的關係企業後，就在當地生根，現在與妻子兩人一起在當地開折扣商店。

我望著消失在抽風機濾網裡的煙，心想自己沒辦法像他那樣。喝完威士忌加水，一手拿馬克杯沖沖水就倒叩在瀝水籃上。這時候我才第一次發現只有廚房裝的是日光燈。

烈酒的瓶口突出在流理台上的紙袋外。我扭開瓶蓋，便聞到一股濃濃的櫻桃味。直接對嘴喝了一口嘗味道，便橫放在冰箱下層。日淺說這是劣等酒，我完全無法同意。只是，我也覺得跟香魚卵不怎麼搭就是了。

3

和「下一個人」打交道，必須多用點心。下雨天要在防水外殼上套上塑膠袋再塞進門上的信箱；風大得會把雪吹進樓梯間的日子，要按對講機請出本人，直接遞交。

將這排公寓的公告傳閱板放進統一設置於大門的信箱是住戶間的默契。一樓和二樓，各有八個單位，共十六個小不鏽鋼箱八上八下排列。大家都是看看其中幾頁，或是看也不看就塞進旁邊的信箱。

但是下一戶的人卻不許我這麼做。一個月有一次，有時候兩次，我都要從一樓東南角爬樓梯來到二樓西北角傳送公告板。鈴村女士——據說是這棟公寓所有人的姊姊還妹妹，應該已經超過八十歲吧，對我而言是祖母級的人物。我是在地區春季清掃會分組在町內除草的時候，聽和我同組的人說的，但我忘了。

她頭一次來訪時的印象，深深留在我腦海中。「您好。」一開門她便這樣低聲說，深深行禮。那是十一月的某個晚上，我瞬間提高警覺，以為是來傳教的。她一身長及腳踝的深藍色連身洋裝，繫著白色的半身圍裙，像要彌補稀薄的頭髮似的戴著黑色筒型帽。她說她的信箱在上層最外側，下雨天公告板會濕掉，麻煩之後幫忙放進門上的信箱。被她這樣拜託，我心裡大嘆「唉唷喂，好個煩人的老太婆」。

就連她二樓門上的信箱，也因為沒有緊鄰的建築物，有時因風向的關係還是會有雨潑進來。某個下雨的早上，我特地在外殼上再套上一個塑膠袋，那天晚上她就來道謝，以正確的標準語說「您的細心真教人不敢當」。後來有一次，我偷懶直接把公告板放進信箱，那時我剛接到臨時通知要銷假上班，沒注意那麼多。

「這樣亂塞一通，我不是說過不能這樣嗎！」她操著方言，痛罵了我一頓。

那是初夏一個灰暗濕黏的陰天，午後下了一場大雷雨。當晚老太婆拎著濕透的公告板出現，她的激動憤恨令我束手無策，只能一再道歉。她火冒三丈，嗓門大得令人不敢相信她是高齡老太太。從此鈴村女士對我而言就是必須提高警覺的人物，我心裡不再以姓氏稱呼，都叫她「下一個人」。

熄了引擎，無意間從照後鏡看見「下一個人」正將一張張紙放進信箱。我等她都弄完了才下車，撈了信箱裡的紙張進屋，點了菸，就著日光燈看。看了一眼，這才鬆了一口氣。看來是從報紙投稿專欄剪下來影印的內容，投稿人是N——小學六年級的高橋愛月，標題是

〈三月十一日那天〉。

文章淡淡地描寫地震當晚自己如何度過，接下來幾天發生了什麼事，交織著對沿岸海嘯遇難者的追悼與對復興重建的祈願，行文簡潔明快。我看了一遍，覺得寫得很好。我猜她一定是那種擅長國語、可以輕鬆進出教職員辦公室的開朗小女孩，還試著想像一下她的樣貌。我打開水龍頭，放了一點水，將菸頭摁進水槽的水滴裡浸濕，再到寢室換衣服。

鈴村女士為什麼要發這個，我不用多想就能理解。因為A4紙的空白處（想也知道是以中粗的簽字筆）寫著「選自四月七日Ｉ日報，作者愛月是我學生的千金」，角落以更小字的鈴村草苗編製落款，還蓋了連續章。

她以前是老師，至今仍引以為榮，這兩點我都沒有特別在意。

然而，連這樣枝微末節的小事都忍不住要讓鄰居周知，想來是寂寞削弱了她的自制力，還有就是，沒有一個對象能夠直接談論這些話題的孤獨，令我感同身受。

想著很快就要收起來、春分那天加了最後一次油的煤油暖爐響起了缺油的警示音，我立刻切換成空調的暖氣。拿起掛在椅背上的刷毛披肩披在開襟毛衣上，開啟筆電的電源。地震那天起整整停電兩天，復電後又斷斷續續停電，讓我養成了隨手關掉電器開關的習慣。除了筆電，電視、收音機類的電源用完就切掉，裝在屋內各處的夜燈也全部拆下收進儲藏室。

打開信箱，同時連上網，開始收信。今天也來了一封眼生的信，不知從哪裡知道我的信箱，是大學畢業就沒見過、沒說過話的朋友來信關心。這種信，在地震後的第十天達到尖峰。家人、親戚聯絡可以理解，以前的同事和後進的來信倒是讓我意外。我也想趁這個機會重溫舊交，便認真回覆。我向他們報平安：地震的確搖得很厲害，所幸盛岡市少有嚴重的災情。一天會有幾次餘震，有時候還很大，每次都讓我想起地震那天。另一方面，很多人對盛岡的認知錯得離譜，需要一些地理上的說明——盛岡是岩手縣首府而非青森縣的，且位於離海很遠的內陸，不會有海嘯。

和哉在地震後不久就打了電話給我。自那個秋天晚上以來，我與和哉每個月都會聯絡上幾次，因而不同於其他的緊急聯繫，倒也不覺得稀奇。妹妹也打了幾次電話來，有一次，她聲音聽起來累壞了，一問之下，原來東京都內很多地方比盛岡還不便。她頻頻哀嘆，為便利商店和超市都買不到日用品煩惱，我叫她把必要物資列出來，我來寄給她，她聲音一下就亮起來問「真的嗎？」卻又跟我客氣，我還得加油添醋地形容我這邊的災情有多輕微。

第二天下午休息時間打開信箱收信，眾多廣告信中夾著妹妹寄來的「希望救援物資清單」，內容是：十八捲裝捲筒衛生紙、五盒裝面紙各一袋，品牌不拘，但衛生紙要雙層的。

放完連假的第一天上班為什麼都這麼累啊？那天下午帶著兩名新進員工去了市內各處的醫療院所拜訪，回到公司又教他們必要文件的寫法和一些相關的行政作業。傍晚七點過後終於解脫了，在聯絡通道上抽了菸，才走向停車場。

這一陣子我都是開車通勤，因為有一次公車行駛中遇到一場頗大的餘震，有一名乘客受到驚嚇引發騷動害我嚴重遲到，之後就不搭公車上班了。正當我在口袋裡摸鑰匙的時候，背後有人叫我，停車場入口附近的柵欄後有個小小圓圓的人影，是兼職的西山太太，我只想著「加班到這麼晚啊？」沒有多做他想。

「辛苦了。」

我微微點頭之後打開駕駛座的車門，轉動鑰匙發動車子。不料有個人影從國道前的人行道上閃進我的車燈光線裡，我嚇了一跳，猛力踩下煞車，不由得心疼才剛換沒多久的夏季輪胎是不是磨掉不少。

「呃，您現在是要回家吧？」

西山太太小跑著繞到駕駛座旁急匆匆地說。她大概是趕著跑到停車場出口吧，呼出白白的氣。

「能不能耽誤您一點時間呢？」

藍黑色夜空低處，白白的月亮像剪下的指甲。前方車尾燈在四號線上不安分地變換車道，我的車緊跟在後。直接駛過路上的家庭式西餐廳和速食店，西山太太的Tanto最後停在國道後面一家原木屋風格的麵包店前。

「我點了普通的咖啡。」

這家店四周由中高層的集合式住宅包圍，附近不僅路變窄了，行人也多，我還忙著找車位停車，西山太太已爬上麵包店外的階梯了。當我嚼著她推薦的地瓜丹麥麵包時，西山太太將縱切成兩半的肉桂捲放在餐巾紙上，

「那，我要開始說了。」

她以門牙咬了一小口手中那一半肉桂捲，然後長長嘆了一口氣。

「課長可能已經死了。」

我先把嘴裡的丹麥麵包嚥下去。她口中的課長，不是現實中那個五十開外、任課長職的人物，而是日淺典博。

「怎麼回事？事情要從頭按順序說。」

或許是白天指導新人的餘威，我的聲音又粗又凶。環顧店內，拿著甜麵包或紙杯的客人全都定住了。我為自己的無禮道歉，西山太太搖搖頭。

「不會不會，突然聽人這麼說……」

她又咬了一口肉桂捲，低聲說，

「不論是誰都會有這樣的反應。」

看她喝了咖啡，我也跟著喝一口裝裝樣子。

「課長在做互助會，今野先生也知道吧？」

「知道啊。去年正好就在公司的創業紀念日前後，他突然跑來找我。」

於是我說起八月最後一天的情形，西山太太說她是六月，十月又加簽了一份合約，是以他丈夫的名字。她們夫婦簽的都是葬禮方案。年底日淺再跟她聯絡，他說是最後一次拜託，所以她又為大女兒簽了成人式的方案。

「過年課長又從他的手機打來，說要跟我道謝，我就去了，可是吃完拉麵他又拜託我再簽一份。我猶豫了一下，最後拒絕了，畢竟我小女兒才國一。」

或許是察覺到我快分心想問「那又怎麼樣」，西山太太抬起手打斷我的視線。

「我知道，我接下來就要說了。」

說是這麼說，卻靜下來了。

「麻煩妳了。」

我催促她說下去。

她說她借錢給日淺。鳥爪般豎起三根手指，說借了三十萬圓，就在她拒絕以小女兒之名加入互助會的隔週。日淺說二月得從家裡搬出去住，急需用錢，低聲下氣向她懇求。又附帶說她今天的埋伏，學的就是日淺那天的作法。

日淺說新年度就會有獎金，秋天一定會還，我想西山太太當然也不是全盤相信，多半是基於一種善心，比日淺提出的金額又多借了五萬圓給他。大地震發生後，狀況不同了——住沿岸的親戚因海嘯無家可歸前來投靠。

「家裡多了很多開銷，所以我打電話給課長，想請他先多少還一點，可是他的手機不通。那時候我也生氣了，就打電話到他公司去找。」

「打去本宮的事務所嗎？黑石野那邊也有他們的會館吧？」

西山太太點頭說是本宮那邊，接著繼續說：「接電話的人講話結結巴巴的，聽起來應該是十幾歲的年輕女孩，劈頭就說日淺失蹤了。我心想他們一定是刻意要藏人，便逼問了那女生幾句，突然就換成上面的人來接，問我說『不好意思請問你們是什麼關係』，我一急就說是女朋友。」

「我們知道您很擔心，但不止您，沿岸有很多人失蹤，大家都祈禱他們平安無事。」西山太太說，當然是學日淺的上司說的話。「另外我們要提醒您……」那位上司接著這麼說，「日淺的狀況恐怕難以認定為職災。因為當天日淺休假，自發性地去釜石跑業務，對公司而言完全是他個人的行為。」聽說前一天日淺還大喇喇對同事說：「明天絕對不會空手而回，就算沒簽到約，也一定會釣魚回來。」

我懷著類似在騎腳踏車的心情握著方向盤，縮短了平常會充分保持的行車間距，追過慢吞吞的車輛。從跨線橋前，走了鑽進牧場和果樹研究所的那條岔路。這樣走當然會繞一大圈，可是連我也不清楚自己到底是想還是不想早點回家。

那天一早日淺出了門，上午為了爭取合約跑了趟釜石市內的住宅區，但成果不彰，又或者是順利拿到合約放了心，於是決定接下來都是自由時間，沿著海岸兜風，不久發現一道從海岸深入海灣的堤防，便志在必得地揮竿……這是很有可能的。十四點四十六分，日淺坐在裝滿許氏平鮋、大瀧六線魚、黃蓋鰈等戰利品的冰箱上看著海。忽然間，從腳底乃至全身都感到劇烈搖晃而站起來，不禁先抬頭看天，傾聽輕舔般將消波塊濡濕打黑的海浪微弱的拍擊，然而這數十公分的小浪卻是那大海嘯的第一波。原本零星停在碼頭附近的計程車不見了，只見有些機車突然發動，飆速騎上坡道。或許這時候有人遠遠地高喊快逃，但日淺的雙眼卻茫然望向遠海上的某一點，只是一直一直看著膨脹成整條海岸線的防波堤漸漸從海的那一邊朝自己所在的地方靠近。當他看出那並不是水泥牆，而是巨大的海水牆時，日淺的雙腿也不動，反而就地釘死了。他一定是睜大了眼睛，眨也不眨。在那一瞬間，下巴尖終於碰到迎面而來的巨大水牆，永遠像睡不飽而憔悴卻又自信昂然的那張娃娃臉被海水包圍，一直到最後那一刻，日淺一定都無法移開他的雙眼吧。

我在嵌燈微弱的燈光中醒來。

昨晚我無論如何都不想關燈，就開著燈睡了。下了床，拿起手機，蹲了幾下之後舉起雙手，伸了一個大大的懶腰，換掉夜汗濕透的內衣。不管什麼都好，我想對人生產生一點正面的看法，腦中模糊地浮現西山太太的模樣。回想她那張快五十歲，或者才四十四、五歲左右，老實的側臉；回想她號稱倉庫最勤快的強健手臂、肩膀、腰身；特別是回想她被問起與日淺的關係時當機立斷聲稱自己是女朋友的，那種感覺。

是因為日淺是個三十歲的單身漢，才判斷與其硬裝成母親，不如裝女朋友還比較像嗎？的確需要對象，而且愈快愈好，無論我還是日淺都是。

從隔開田地與住宅的小河土堤那個方向，傳來割草機刺耳的運轉聲。即使如此，我把肚子靠在天尚未大亮的陽台扶手上，低聲說著人生真寂寞，說得煞有其事般。

在「Hasegawa」、「網源」，都打聽不到半點消息。這兩家是以前我下班會找日淺一起去的居酒屋。另外像「鶴藏」，冬天有一段期間我們根本可以說是最死忠的常客。但無論是哪家店，不要說日淺了，連我也被忘得一乾二淨，只得到生硬的回應。

不是現在才開始的，而是去年初冬就漸漸有這個傾向，我變得很愛聽一個十九世紀芬蘭作曲家的音樂。從架上抽出後在沙發扶手上愈堆愈高，車門置物盒和儀錶板上增生的CD堆裡，一定都有這個作曲家的CD。過了這麼久，終於萌生出北方的嗜好了嗎，實在諷刺。當時的世界定然遠比現代更加透明可信，奠基於此的旋律清澈明快，自黑色樂譜升起的模樣，與日淺在臨終時承受的春日海水冰冷重疊，令我為之茫然。

話說回來，「臨終時」是不負責任的說法。電視上每天都發表死者、失蹤者的名字，我每天都在報紙的那一欄一一劃線檢查，突然想到便打電話到日淺的手機，一日覆一日。

六月，我拜訪了日淺位於瀧澤村的老家。我不再沒頭沒腦地到處跑居酒屋又無功而返。不止吃飯的地方，只要有機會我就跑去釣具行和加油站打聽，但從來沒有日淺的消息。我又一次真切感受到我們共同的朋友或認識的人少之又少。我只打過一次電話給他任職的Aisin，沒有實際去過，因為我實在提不起勁來。和去見日淺的父親情況不太一樣，對Aisin多了一種包含明確敵意在內的陰鬱。

日淺的老家是蓋在坡道盡頭的獨棟屋，背後緊鄰茱萸、遼東楤木幼樹交雜的樹叢。擋雪的車棚柱子上有擦傷的痕跡，通往住屋的石階旁有一輛深綠色的轎車，旁邊有可停一輛車的空間。我對著對講機那頭說明來意，對方要我把車停在那裡。

我曾經幾次晚上在這附近放日淺下車或來接他，像這樣踩著踏腳石到玄關，走進屋裡卻是第一次。侷促的客廳鋪的是落葉松木地板，散發出不同於杉木的樹脂味。看似擦去發黴而留下點點斑痕的北面牆上掛著日曆。對面則是一張四角以圖釘釘在牆上的模造紙，以飽滿欲滴的墨跡寫著「電光影裏斬春風」[1]，莫名吸引我的視線。黑色皮沙發有許多裂痕。我朝端出來的咖啡陶杯看，這才注意到有個桌上型打火機。少年時期我們一家在所澤租的老房子，以及爸媽還年輕時的身影忽地重上心頭。

我首先為突然登門道歉，再次報上姓名後，說明了我與日淺的關係。我說我們之前是同事，也是酒友、釣友，日淺換工作後見過幾次面，還提到了自己也是他新工作的客戶之一。說到一半因為某個用語而偏離主題，追憶著日淺釣魚的風格、豐富的自然知識，絮絮說了好久。回過神來時，連九月失和的經過都說了，甚至坦誠他是我在岩手唯一一個知心的朋友。

「我聽他公司那邊說，」我謹慎措辭，提出正題，「您好像還未報警協尋。」

日淺先生極富特徵的眼皮動了動，回答「是啊」。我直視著那雙顏色偏淡、亮茶色的眼珠。

「想必您也知道，令公子可能在釜石遇難。」

這回日淺先生明明白白地點頭。

1　語出自日本圓覺寺開山祖師、南宋禪師無學祖元大師。南宋朝廷面臨危急存亡之秋，元軍大舉南侵，殺入無學祖元大師避難的能仁寺，眾人早已逃散，只見到禪師一個人，元軍拔出刀來架在他的脖子上，無學祖元禪師從容不迫地作了一首偈子：「乾坤無地卓孤笻，且喜人空法亦空，珍重大元三尺劍，電光影裏斬春風。」意思是對於一個修禪的人來說，生死早已置之度外，即使這一劍砍下來，也只是揮斬春風一樣而已。

「已經快三個月了。」

他略略低頭，啜著咖啡。多年來在政府機關擔任「長」字輩的這個人重重嘆了一口氣，那種暗自瞧不起底下人的樣子引起我的反感。

「難道不應該報警嗎？這也是您身為家人的責任。」

我在這裡停頓一下好引起他的注意，然後以更加熱切的語氣繼續說道：

「令公子或許會有反應。」

「我明白了。」

在漫長的沉默之後，日淺先生一副硬吞下不敢吃的東西似的表情，低聲說。

「算是回應友情吧。」

他留下這句話，忽然離席。比兒子高了足足一個頭的高個子，消失在作為廚房隔間的和紙隔扇屏風之後。

友情，我沒聽錯，但不確定他指的是誰和誰之間的友情。不久二樓某處傳來拖動沉重物品的聲響、小東西被攤在地板上的聲音。過了一會兒，樓梯一階階咯吱作響，只見日淺先生身上厚高領衫的袖子捲起，咳嗽著現身，腋下夾著一個薄薄的資料夾，手上握著玻璃咖啡壺。活像老咖啡店的老闆，我心想。

「我已經不是他父親了。」

日淺先生嘴角露出嘲諷的笑容說道，

「我和小兒子斷絕關係了。」

日淺先生直接站著為兩個杯子注入咖啡。他打開資料夾，視線往少得可憐的內容物掃了掃，大聲闔起資料夾遞給我。我伸長了手，隔著茶几接下他遞過來的東西。

一打開，收在左邊那張奶油色厚紙是橫書的畢業證書，上面寫著修業期滿成績及格授予本校政治學學士學位。我聽日淺親口說過他是哪所大學畢業，但不知道他讀什麼系。毛筆字粗粗書寫的日淺的姓名，與本人不搭調的學系，以及紙面光滑的觸感，再加上為何要讓我看這個的疑問，再再令我感到不對勁，正當我因此而沉默時，

「這是偽造的。」

日淺先生咒罵般說，

「才過完年，就接到一通令人不愉快的電話。」

他以眼神和手指輪流示意，我將資料夾在茶几上攤開放好。桌上型打火機很擋路。

「那人說他手中有我兒子的祕密。」

日淺先生打開電話櫃的抽屜，從中取出一張傳真用紙，放在資

料夾右側的折口裡。儘管紙質截然不同，但筆跡、學號橡皮印數字9磨損的程度，都與左邊的畢業證書一模一樣。

「說是以前受我兒子之託做的。」

日淺先生說。

「那個人還寄了樣本過來，說資料都保存著，要複製幾千張都沒問題，還好心提醒要是被公司知道就會保不住飯碗。」

「您向學校那邊確認了嗎？」

「我申請補發畢業證書，之後接到教務課的聯絡，說過去和現在都沒有這個學生。天曉得那四年他到底在東京幹些什麼。」

「對方有沒有提出什麼要求？」

「我匯了指定的金額到指定的帳戶。只不過在我心裡，我付的不是封口費，純粹是謝禮。」

「謝禮？」

「謝謝他讓我下定決心和這傢伙斷絕關係。」

我心中暗嘆，所謂的沒有轉寰餘地大概就是這樣吧。既然把兒子趕出門，做父親的當然也有意氣用事的地方，可是現下這個情況應該算是例外吧，我認為日常情緒應該暫且擱在一邊，便繼續堅持。

「您還是去報警請求搜尋吧？」

「不過，我和他已經不是親人了。」

「戶籍上呢？」

「戶籍上也是不相干的人。」

「那麼令公子的遺體，」

我大膽用了不祥的字眼，

「就無處可去了。」

一聽這話日淺先生抬起頭說：

「我想你也知道，災區現在是什麼情況。」

語氣很平靜，

「我是不會為了那個混帳勞煩任何人的。而且恕我直言，」

日淺先生繼續說，「我兒子並沒有死。」

沉默再度降臨。從窗邊灑落的陽光已經從我的腳踝爬上膝頭。風穿過庭院裡的樹木，大大揚起了蕾絲窗簾。看到茶几上的傳真紙就要被吹走，我反射性地伸手按住一角，這時候，日淺先生突然開始述說——他四歲時失去母親。我們家就是我和典博，以及當時已經上國中的大兒子，一家子全都是男的。老大雖正值敏感多思的年紀，但他很心疼年紀還小的典博，每天社團活動一結束就去安親班接弟弟回家。典博也很敬愛他哥哥馨，之所以沒有哭著要媽媽、也沒有動不動就任性耍脾氣為難別人，順順利利克服了幼年失母的危機，想來都是拜他哥哥的愛護之賜。我想對年幼的典博而言，真的就是長兄如母吧。我自己呢——日淺先生略略提高音量說——卻成了與小兒子無法溝通的父親。我不覺得自己對典博特別冷漠，我花心思盡量一起吃飯，只要視線交會都會跟他說話，可是無論我對他說什麼，都得不到反應。問他什麼他是會回答，態度也沒有特別叛逆，只是我們之間就是隔著一、兩道無形的門，那該怎麼說？就是徹頭徹尾的隔閡吧。忽然間日淺先生停下來，站起來走到窗邊關上玻璃門，因為附近的災害預警無線廣播系統正大聲為正午報時。我太太走後沒多久——廣播聲還沒停，日淺先生便又打開玻璃門，繼續說下去——我帶典博到附近公園。當時是深秋，太陽很早就下山，我看氣溫變低了想回家，喊了兒子的名字卻沒有人應答。我在公園裡到處找，在杜鵑花還是什麼樹叢的後頭，紅磚步道盡頭有一棵很大的歐洲雲杉，發現兒子就蹲在樹根旁。在兒子面前，是一直到今天我還是不知道該怎麼玩的，黃色壓克力做的很像巨大香菇的遊樂設施。蕈傘幾乎呈水平平坦狀，三名小女孩就直挺挺地站在上面。她們三個都比我兒子大很多，應該是小學四年級生吧。她們就站在傘心上背對背手牽手，個個都呆呆地張大了嘴。兒子則是一心一意地幫她們數數，一雙眼睛發出異光，從底下仰頭看著她們，那情景實在讓人很不舒服。我還記得我抱起兒子立刻離開公園，回想起來，那或許就是我與兒子有隔閡的遠因吧，因為我明確在兒子身上感到一種詭異。

回神發現我已經癱坐在沙發上，正想坐正，日淺先生揮動手掌示意制止，自己則是脫下拖鞋在沙發上盤腿而坐。他有特殊傾向——

日淺先生繼續說——或許只不過是比較笨拙吧，他一次一定只和一個人來往，從很小的時候就是這樣了。才想著他每次都和同一個孩子在一起，有一天早上門口卻出現另一個孩子，接下來那陣子只肯和這個孩子去上學，然後很快又變成另一個，又跟人家形影不離，不過每個都不會維持很久。他們小學每個年級都只有一班，所以整整六年同學都是同一群人。畢業典禮結束後，他不像別人會在校門口和老師合照、也不跟同學聊六年來的回憶，而是和我並肩直接回家，當時他的側臉上，簡直就是直接寫著：我跟他們每一個人都好過了，已經沒興趣了。

從滔滔不絕一變為默默不語，很快就過了幾分鐘，突顯了架上的木雕座鐘的秒針匆促的腳步聲。「電光影裏斬春風」，我忽然覺得鄙夷不屑般冷冷地白眼看我的那七個端正的楷書非常小器、俗氣。

「有至於要斷絕關係嗎？」

在一股怒氣驅使下，我開口了。

「不過就是偽造學歷啊，要說罪名的話。」

「唉，那可是四年啊。」

從嘆息立即轉為詠嘆的高潮與他兒子很像。

「足足四年，我幫他在東京租房子，每個月生活費、每半年一次八十萬圓的學費，我都匯到他的戶頭了，這根本是侵占罪了吧。」

「但是，您四年都沒發現又怎麼說？」

「我相信他。」

日淺先生皺著眉頭呻吟般低聲說。就是常見的那種沉浸在自我情緒裡的苦臉。

「辜負了相信你的人，這種不誠實的傢伙，就算是在悠哉垂釣時被大海嘯吞沒又怎麼樣？讓他和其他堂堂正正過日子的人一起列在失蹤者名單上，未免太狂妄可笑了，這對認真的人生是一種褻瀆。」

對了，地震以後——日淺先生頓了頓又繼續說：

「闖進受損的民宅、店鋪去搜刮財物這類趁火打劫的壞事曾猖獗過一陣子，聽說也有不肖人士假裝認屍卻藉機竊取財物。你似乎很看得起我兒子，不過他說到底可是那一類的人喔。」

我發現有一根釣鉤掉在地上。日淺先生說聲「好了」便站起來，影子冷冷蓋過了我撿起那根釣鉤的手指。

「我得去收町會費了。」

那是根軸很細、藍色的山女魚鉤。

「我是組長。」

我跟在日淺先生身後，走到硬泥地。來時因他的身材魁偉而吃驚，此刻看來卻全然是一個老人家單薄枯瘦的背影。

「找他是白費力氣，別找了。」

日淺先生仍背對著我，說得很快。

「反正，他的名字遲早會因為什麼案子見報的，我深信不疑。」

我穿上鞋，回頭的時候，與他四目相望。日淺先生從粗條燈芯絨褲的後口袋取出一張泛黃的紙。

「這是大學的錄取通知。」我相信那是一個靦腆的、別無他意的微笑。我以眼神致謝，很快地看了那張紙然後還給他，他說「這倒是真的，聽說高中那邊都會去確認。」

我等下午陽光減弱才去生出川。這是我今年的頭一釣，去年夏天看到的那棵水楢不見了，只留下碩大的樹墩。土堤的花草被清得很乾淨，像乾草般一處處堆在路上。一腳踩下，蚱蜢幼蟲便無窮無盡地從裡面跳出來。

「我兒子沒有死。」

一條小錦蛇從倉惶逃逸的蚱蜢群中爬出來。記得是地震過後沒多久吧，報上登出了一個試圖以鐵橇破壞釜石市內某家銀行暫停服務的自動提款機而被捕的男子姓名。我用釣竿輕戳，小蛇還是全然不動。我堅信日淺是那個人的同類。

水深處的第一竿就有收穫。拉動的方式很不明確，不是往上游，倒像是拚命往水底沉。我苦笑，心想難不成又要和那條大三塊魚重逢了嗎？結果釣起來是虹鱒，一道深粉色從鰓蓋延伸到尾柄。本州以南在河川中自然繁殖的例子非常罕見，會是有人放流的嗎？也有可能是上游有養殖場，從那裡逃出來的漏網之魚。

無論是哪一種，回去上網查就知道了。我把虹鱒放進魚籠，擦擦手，在河邊佇立片刻，驀地一陣濃濃的倦怠襲來。我改變主意，決定靠自己的雙腿實地勘察一番，便收起釣竿，沿著無數蜉蝣生物於水面活動著的生出川，朝上游走去。

廢屋光景

有個詞，叫作結婚潮。身邊的朋友一個接一個結婚，我又是回覆婚宴邀請函，又是穿上禮服赴宴的，單調的生活也頓時多彩多姿起來。

假如事先就知曉新郎新娘處於戀愛狀態，倒也不怎麼吃驚，若否，驟然接到有人要成家的通知，那種一夕之間世上又出現了一個全新家庭的感覺，還真是衝擊性十足。在黑白棋的棋局中，有時一直處於劣勢的白棋僅憑一步便將黑棋驅逐殆盡，使棋盤一片雪白，是類似於此的氣勢令我心驚嗎？

小時候，我曾經養過在附近田裡的水溝撈來的銀鯽。後來又去了同一條水溝抓到一條泥鰍，便放進同一個水槽，結果不久就孵出小鯽魚。原來銀鯽這種魚幾乎都是母魚，產出的卵一遇到精子——無論是哪一種魚類的公魚排出來的——就會受精，生出完全排除父系特徵的小鯽魚。

這是我後來才知道的，當時的我想像頭是鯽魚、腰部以下細細長長的異樣新品種魚擠在小小水槽裡游來游去，感到十分噁心。當我整張臉貼近水槽，不期然與碎石中露出鬍鬚臉的泥鰍爸爸四目相對，噁心就變本加厲，沒多久我就把整個水槽裡的東西全都倒回原來的田裡去了。

或許是因為小時候想像的這番異相留下的印象格外深刻，從此我便對世上一切戀愛抱持過度審慎的態度，一直模模糊糊心存懷疑，結果就成了所謂「不解風情之人」。

在街上看到男女恩愛地手牽著手也好，青春期看到朋友去哪裡都要帶著女朋友一起也是，總有種說不上哪裡不相配的感覺，覺得其實他們兩人根本是不同種的生物，現在之所以和樂融融共享時間空間必有蹊蹺，想必既不是出於性衝動，也不是基於延續種族的本能，只是因為害怕獨處才姑且互相作伴罷了，輕視他們的心情比什麼都還多一些。

人類對於孤立的異常恐懼，反而才令我感到奇怪。從此以後，看到世上任何一對男女，都會映上鯽魚和泥鰍的影子。我想這一方面也是因為我發奮鯽魚就鯽魚、泥鰍就泥鰍，要就乾脆當一輩子的決心影響。

說到結婚潮，去年名符其實像浪潮向我湧來，一點也不誇張。從三月下旬登記的那一對開始，五月和六月分別有一對朋友結婚。九月竟然連大我六歲的姊姊也來湊熱鬧，她的對象也是再婚，只簡單辦了一場小小的婚禮意思意思。

我正想著應該沒有了吧，結果不然。十一月，我又出席了兩對新人的婚禮，我記得是直到十二月三日去參加了我那繼承父祖輩在熊本的天草開設洗衣店的老友的婚禮，這才為該年的結婚潮畫下句點。

婚禮前一天，我走出朋友貼心安排的旅館到附近散步，明明是冬天的黃昏時分，當時我身上只有浴衣外套和涼鞋，一身輕裝，卻一點都不冷，讓我很驚訝。家家戶戶的門燈照亮了不符季節的大朵扶桑花，夜空刻畫出河對岸教會深藍色的銳角剪影，再再令我印象深刻。

我都快五十歲了，卻沒定性一直不斷換工作，而且多半是在年輕人相對較多的職場上班，所以這把年紀才經歷結婚潮，一般人大多在二十多歲、三十歲初時就早已經歷過了吧。

準員工、約聘、計時人員，無論職稱為何，曾經一樣在非正職的框架下工作的前同事，因參加婚禮而重逢，才知道大家現在都是堂堂正職員工了，其中還有人二十多歲便身居要職。這是人家正面面對真實人生，一路堅忍不拔的結果，其毅力與我這種至今仍蝸居父母家的人不可同日而語。像我這種吊兒郎當過日子也不以為意、不思長進之輩，在如此鄭重盛大的日子大搖大擺地出現，非但無法為新郎新娘錦上添花，還可能對兩人的未來造成陰影，不由得認為自己真是個不吉利的傢伙。

我早已告別手機，也遠離社群媒體，每每收到喜帖，因為完全不了解對方的近況，突兀之感也更強烈、更濃厚。

我會一時對突如其來的一對夫婦的誕生感到茫然，接著緩緩拿起原子筆，在信中所附的明信片回函上圈起「出席」兩字，再擲入最近的郵筒。

一般講究虛禮排場的事我都很討厭，獨獨對婚禮不嫌麻煩，反而興沖沖地出席。

首要原因是住家裡，酒伴就只有老父一人，假日便是帶著老母逛二手商店或跳蚤市場，相對於如此欠缺色彩的生活，大白天包下市區的飯店或高檔餐廳舉辦的大型宴會對我即顯得魅力無窮。婚宴當天，盛裝的賓客三三兩兩出現在大廳，會場的氣氛漸漸熱鬧起來的感覺，我也不討厭。多半是新娘那邊的客人吧，光是看著打扮得花枝招展的女子們成群結隊而來，我的心情也隨之繽紛。

我大多是以新郎或新娘某一方的前公司的前輩這種擦邊球的關係獲邀，所以在會場上照例都是獨來獨往，或是佇立在大廳窗邊，或是坐在角落的沙發上，在旁人眼中八成是個陰沉的傢伙，其實不然，我可是為這非日常的氣氛歡欣鼓舞，雀躍萬分。

每當看到顯然非成功人士且和我年紀相當的男性賓客忘卻平日的拘束縱情笑鬧，我便會打從心底鬆一口氣；聽到一身紫色正式和服禮服、一看就不正派的大叔以不合時宜的咆哮在親人席高聲發表出格的致辭，就會很想過去站在他身邊，一起高喊三聲萬歲。

＊　＊　＊

我有個朋友姓五十棲，他也和我一樣，老大不小了還是孤家寡人，而且也同樣與年邁的雙親三人同住在他出生的老家。

我是在大學畢業後進的頭一間公司認識他的，當時我們彼此都是剛畢業的菜鳥，又因為那一年新進人員極少，我們常講好同時下班，喝了酒就大吐工作上的苦水。

進公司第三年的夏天，我先離開公司，後來五十棲靠著親戚的關係換到不知是沼津還是燒津的工作，我們本來很有可能就此斷了往來，卻也沒有，至今仍保持聯繫。每年會有三、五次，他因公來到我住的地區附近時，就會聯絡我、找地方喝一杯。

有件事已經是我們圈子裡出了名的五十棲奇譚了（雖說是圈子，我們共同的朋友也就只有常去的小吃店和居酒屋的員工，再加上那裡的幾名常客，範圍極小），發生在平成十七年（二〇〇五年）七月上旬。

五十棲當時失業，除了不定期去就業服務處看看之外就不出門，一直窩在家裡。有一天他突發奇想，買了一套露營用具，出發前往過去是北巨摩郡、如今改名為北杜市的山梨縣山區。那裡是著名的大鍬形蟲產地，他的盤算是動員他所有過多的時間、過剩的精力，捕捉當時有黑鑽石之稱的大鍬形蟲來換現金。

這很像是少年時代有一段時間熱中於採集昆蟲的五十棲會做的事，同時也為了發洩失業的煩悶，又因為當時才三十多歲，對自己的體力、意志力有著莫名的信心吧。然而在八岳、甲斐駒岳等赫赫有名的高山包圍之下的森林蒼鬱得超乎五十棲的想像，連要從何著手都毫無頭緒。簡單地說，便是外行人玩不起，原先打定主意要住兩週帳篷，結果第三天便打退堂鼓下了山，而且還因為無論如何都好想泡個熱水澡，遇到第一家民宿就住了進去。

那家民宿由深具退休行政人員風格的老闆娘一人打理，是家令人完全感覺不出任何山麓風情的外行人民宿，可是五十棲管不了那麼多，直奔他要的澡堂，洗掉整整兩天份的污垢之後，被帶領到六坪左右的大廳，在那裡吃了很像一般定食屋在賣的晚餐。

當他吃得差不多，拿餐盤一角剩下的佃煮碎片充當下酒菜小口啜著冷酒時，後面隔屏後響起小心翼翼的細微聲響，是筷子碰觸餐具的聲音，這時五木棲才發覺在他之前早有客人。

「你好你好。」

五十棲拿著酒杯、酒壺站起來便去向屏風另一邊的人打招呼。

「哎呀，真意外，我還以為只有我一個客人。」

我所認識的五十棲，並不是一個會如此積極與陌生人搭訕、認識的人。但我自己親身體驗過所以我理解，那是當一個人沒有穩定工作、每天無所事事的狀態下，心裡會產生一種真空——應可稱之為良知的縫隙，當想要感覺人的溫度的渴望趁隙鑽進來時就沒救了，平日固若金湯堅決拒他人於千里之外的護欄便會倒退三尺。不，是完全撤除。誰都可以，就是想和自己以外的人親近親近。

屏風之後，隔著餐點而坐的一男一女抬頭看到這個突如其來的不速之客僵住了。五十棲硬要對方接過酒杯，男的一口氣乾了還給他，便將盤腿而坐的上身筆直地挺起來，叩頭般回了一個怪異的禮。

五十棲也敬了同座的女性一杯，她也爽快地一飲而盡，但這時候不經意瞥見她的臉，五十棲倒抽了一口氣——她是個孩子。

五十棲暗想自己實在太莽撞了，雖不知人家是不是父親，至少也是監護人，便面向那位四十左右的男子，為自己沒注意而讓孩子喝了酒的冒失道歉，卻又更吃了一驚。

「不，這是我妻子。」

男子猛搖頭，很快地加上這一句。

「我們才剛認識，所以現在算是正在蜜月。」

至此，五十棲和平的真空被打破了，一反常態地想要一點溫度的渴求消失得無影無蹤。常識、理性、對這對不自然的夫婦的戒心自真空的缺口排山倒海而來，轉變為——很像五十棲會有的聯想——「拐騙孩童」這幾個字，扎進他腦海的中正央。

於是他速速與那兩人告別，縮回房間。鎖好門，蒙上被子之後，心還是很亂。一顆心七上八下，煩惱著是不是遇上了拐騙未成年的傢伙。他說男子的舉止態度顯然天不怕地不怕，他從中聞到了犯罪者才有的味道。

但最後五十棲還是——儘管只是一時的——成功說服自己相信他們真的是夫妻，才得以一夜好眠。他沒有報警，若是插手麻煩事，不能保證自己不會反遭莫須有的嫌疑。平時無業之人便已成天處於宛如假釋犯的心境之中，誰也不能責怪五十棲這一夜決定裝作一無所知選擇安睡吧。

若只是這樣便稱之為奇譚就太誇張了，事情也並沒有就此結束。

過了一週，五十棲去理髮順便在街上閒晃，下午很晚回到家一看，刑警就在客廳等著。刑警詳細問起在民宿和他喝過酒的那對男女相關的事。

原來是後來不久，那兩人就死了。兩天前才發現他們的屍體，地點是長野縣山區一間化妝品公司的員工休閒渡假會館停車場，引排氣管廢氣自殺。

警方問完話，改換五十棲與他激動的老媽一起向刑警問東問西，打聽到死去的男子三十七歲，單身，在千葉的保全公司上班。他一直沉醉於某種迂迴的英雄主義，數年前起便經常上網逛自殺網站，找到目標便計畫同赴黃泉，再故意失敗，藉此將活下去的氣力深植於對方心中。

至於那位少女的身分，刑警並不多提，只低聲說她十四歲，就讀於埼玉某公立國中之外，便不再多透露了。

「所以這回他是要讓自殺失敗卻失敗了？」

聽五十棲這樣自言自語，

「大概是著了魔吧。」

刑警語氣認真地說。

「這種例子很常見，本人自以為是保持距離玩得很有分寸，不料出了點小事成了導火線，就引火自焚了。也可以說，那個玩弄別人生死的人，被死神看上了。無論如何，都是報應。」

「可是在這之前，他的『慈善事業』也成功過好幾次吧？」

「聽說有二十次以上。」

「那為什麼偏偏這次沒有成功？」

「車上沒有找到遺書。」

刑警拿起茶杯，喝了一口，將聲音壓低極低，接著說下去：

「從儀錶板裡找到了結婚申請書，是正式的申請書，必填欄位都填妥了，確認是雙方的筆跡，只差蓋完章到公所提交。」

「所以是感情糾紛嗎？」

「這就不知道了。不過那孩子五官端正，滿漂亮的。」

「能說是，殉情，嗎？」

「我認為不能。」

「這就是剛才刑警先生說的導火線吧。」

終於明白兒子在這次的事件中不過是一名目擊者的老媽，放鬆了原本緊繃的神經而多話起來，好不容易才結束這個話題。後來刑警也沒再出現，對五十棲而言，儘管不知情，卻當了一次晦氣的媒人，至今仍覺得心頭沉沉的，說起來就語帶哭聲。

以落語來比喻，五十棲的經歷便相當於「笑點」，像這樣將現實中發生的悲劇作為笑點實在太不謹慎，更缺德的是上一次我在小酒店還是哪裡聽到五十棲說起這件事時，已經被冠上〈甲斐媒人〉這個段子名了。

這件事我聽了不知多少遍，關鍵之處都我會背了。每次聽，尤其是刑警說的話，都會多少加油添醋。

像這樣理直氣壯地斜眼看著別人認真的戀情或生死，並感到有趣，也許會被斥為心理不健康，如前所述，我至今單身，年近五十還寄生在父母家中打工渡日，未來當然也是黯淡的。在旁人眼中，我才是哪天可能會去投環自盡的那個人，而實際上這樣的不安我也不是沒有，所以我聽著這件事的時候並不像五十棲說的那樣無動於衷。

人生六十、八十都有人說，可是用不著在世上活那麼久，我也明白人生是多麼粗糙不合理。那些斷然覺得如此的人更認為在這沒有正當的原理，也沒有最起碼規則可遵循的亂七八糟的一場競賽中，根本沒有勝算可言，還不如早早退場。

那片土地，既不貧脊，也不算肥沃，整個都被濃霧似的什麼給籠罩著。從山丘上可以看到湖，岸邊孤伶伶地佇立著一幢白色的房子，荒廢得連屋頂和門板都不見，從外面看來就是間空屋。

屋裡卻有小孩在哭，而且不是一個，是很多小孩的聲音疊在一起，聽起來像誦經聲般厚實。不久啼哭的孩子們的——雖然這個說法很奇怪——他們哭聲的背後，漸漸伸出像山的影子的東西（有時候也像是巨大的鳥的影子），好似潑墨般以清一色的黑將整面塗滿。

然後在那一瞬間，會有人出現在一直無人的廢屋窗邊。黑色窗框裡的人物只露出胸口以上的部分，活像遺照，表情也一樣陰沉、一臉不服氣，感覺隨時都會尖叫抗議，非常駭人。

這是我多年來固定會做的噩夢。我天生扁桃腺容易發炎紅腫，要是大聲說話，光是這樣，我當晚就會發高燒病倒，並且有相當高的機率會做上述的噩夢。深夜，汗涔涔地醒來的前一刻，在廢屋窗邊現身的那個人，不見得都是已逝的朋友或認識的人，也包括在電視報紙上看過的那些悽慘命案的死者或死於意外事故的人們。

有時候窗邊會出現意想不到的人，一瞬也不瞬地死盯著我，眼神好像在看一個叛徒，責怪我忘了他的死。所以我對喉嚨的保護恐怕超過必要，不顧一切只怕扁桃腺腫起來，在生活中極度控制自己不大聲說話。

明明毫無節操地參加婚禮，葬禮我就完全提不起勁來，自然就很少去了。即使不情不願好不容易到了會場，抬頭看著那個毫無例外只會醞釀失落感的靈前，世上的不公就在眼前的感覺就會湧上心頭，讓我待不下去，一上過香便早早離開會場。

* * *

然而，成為那幢白屋裡的人的堀內，我在他的守靈儀式上倒是破例待了很久。我在晚上八點多接到他家人的來電，便開車從最近的一處交流道上了高速公路趕過去。

堀內祐二是我大學時期的玩伴。六年前的冬天，他到愛知附近出差時，從行駛中的特急列車緊急逃生門墜車身亡。據說他全身遭到強烈撞擊卻沒有當場死亡，經過五小時的搶救之後才在醫院斷氣。由於這個緣故，我接到通知前去的葬禮並沒有對外公開。

堀內生前失業過一段很短的時間，那時他曾來我家借住。雖說沒有工作，那時不到三十歲，還很年輕，他本人宣稱那是為將來充電的暫停。

當時我照例是非正職的外聘人員，不過因為剛進入一個新行業，沒有多餘的心力關照堀內，我父母反而比我更清楚那時堀內的狀況。據我母親說，堀內真的是每天什麼都不做，在我出門後好幾個鐘頭才起床，吃完早午餐就一直關在房間裡。

他本人以自嘲的口吻辯解說因為他很懶，可就我看來倒是有一種「草皮養護中禁止進入」的緊張氣氛。

晚上我下班回來去堀內的房間找他，他都面向和式桌，堅守沉默，背對著拒不見我。

做哪一行都可以，我想成為佼佼者——他老是把這話掛在嘴邊。

偏愛舊日庶民文化的堀內或許是太過渴望那種富有人情味的含蓄情調，有時候會大聲幾句：

「互相體諒的人情，現今已經不復存在，無論走到哪裡，厭人的狀況都在蔓延。等著吧，再過三十年，我們一定不是自殺就是他殺。」

十幾年後，向來不講究穿著的堀內一身肯定是為了某個特別場合訂做的禮服，離開了人世。他的死是否出自己意，不得而知，卻是比他生前開玩笑預測的五十八歲足足早了十五年的英年早逝。

他的父母將遺物分給他的知交好友留作紀念，我便是因此才認識了佐尾。

佐尾是堀內高中時待了一年半的電影同好會的學長。佐尾分到了幾張堀內所藏的爵士樂ＣＤ，而送到我這邊的是某位南美作家的一套不全的全集和幾張古典樂ＣＤ，佐尾表示想以自己得到的任一張ＣＤ來換其中一張。

交換朋友的遺物。這個要求有抵觸一般倫理道德之嫌，我覺得不是普通麻煩，再加上他以極平淡的語氣說得若無其事，一點都聽不出迫切之感，使我更加提防，於是鄭重拒絕了，然而他卻一點也沒有停止要求的意思。

他的電話固定在星期二晚上七點過後，我正和父母吃晚飯時打來，看來是知道我星期二休假。

這樣的電話持續了兩個月，實在太煩人，我便決定先見面再說。仔細想想，毫不掩飾這種小小物欲的人近來也很罕見，而佐尾執著的那張ＣＤ，某天我上網查了，並不因稀有而特別有價值，到處都買得到。

我們在他指定的時間於某車站內的一家咖啡店碰面，這時我才頭一次見到佐尾，實在不像跟我同年代的人。

他是個美男子，有一雙大眼，鼻子高挺，不難想見少年時代一定相當可愛。白皙的脖子和身軀也沒有贅肉，就是個子出奇的矮，所以無論如何都很引人注目。依我看恐怕不到一五五，嬌小得不太尋常。

「啊啊，對，就是這張。啊，真令人懷念，簡直就是奇蹟啊。」

這張據說他高中時借給堀內就沒回來的ＣＤ，外殼早已變黃還有裂痕，裡面的紙製封套也很陳舊，下半部皺皺的像是泡過水。就連最重要的ＣＤ本身，也是無法保證還能播放的瑕疵品。但佐尾還是一副心滿意足的樣子，臨別之際在廣場的大柱子下要跟我握手，他說這是他用自己的錢買的第一張ＣＤ。

「以後要不要約出來聚聚？」

接下來三年多一點的期間，佐尾與我便頻繁地對飲共酌。

他來找我的時間固定都是星期二傍晚過後，我在家沒事，找不到拒絕的理由。他來約我就去他指定的車站會合。後來我換了工作，改成星期三休假，電話也就只有那天才會響。

每次佐尾都會說是他約的，所以他請客，但我們的興趣、社會地位和個性都迥然不同，無論在哪家店待上兩小時都覺得太長，話題大多是追憶堀內，不然就是一個有一句沒一句地解釋工作內容，另一個負責附和，實在很沒勁。

佐尾家是橫濱傳了三代的南北貨批發商，他是家中三男，似乎有個董事什麼的職位，幫忙兩個哥哥一起做生意，出身豐厚。若是因此就平白讓他出錢也很怪，可是他總在我不知不覺間結完帳，所以我也會挑合適的時候，如中元或過年前送他水果或冷凍肉品，然後他又會立刻和我聯絡，再次約我去喝嗨不起來的酒，而且又是他請客，讓我難以釋懷。

這種實在溫吞的往來以兩個月一次的頻率發生，偶爾也有連日受邀的情形，總之維持了三年。

上一次與佐尾見面，已經是二年前的十月中旬，去群馬一個旅遊景點玩的時候。我們雙方剛好同時開始對溫泉產生興趣，所以即使有點早，還是說好去溫泉旅館住一晚兼賞楓。

那天下午很早佐尾便開車到我家門前來接我。我坐進副駕駛座，才發現有一名女子拘謹地坐在後座，說是佐尾的太太，感覺比我們兩個年輕了一輪以上。向來對朋友熟人的公開背景毫不在意的我，這才想起佐尾已婚。

佐尾開車技術不差但愛飆速，害我一路上冷汗直冒。

我們在下午兩點前抵達住宿地點，辦好住房手續寄放了行李，因為還不能進房，就決定到湖邊散步殺時間。走著走著，佐尾忽然停頓，與我和他太太之間的距離便拉開了。當他再度啟步，一起走了一陣子，又慢下來。

他一直看手機，次數實在太多，我問他怎麼了，他說臨時有急事要處理。

「不好意思，我去露個面，很快就回來，你先去泡湯等我。」

我和他太太被留下來，可畢竟這天才頭一次見面，再加上她似乎比我更怕生，怎麼也聊不起來。

我們兩個無事可做，便在旅館四周晃晃，爬爬湖邊的瞭望台，勉強耗掉了將近一個鐘頭，終於到了可以進房的時間，我們各自回房，分別在房裡等佐尾回來。

後來過了，我想，大概一個鐘頭吧。

「不好意思。」

我把坐墊排成臨時床墊躺在上面，躺到一半迷迷糊糊打盹，聽到斷斷續續的敲門聲，跳起來。一開門，只見門檻之後是一身浴衣的佐尾太太。

「剛才我先生打電話來，他工作那邊好像會拖久一點。」

她的妝容、髮型都還很完整，但一看就知道剛泡過澡。

「那，我來向旅館的人解釋一下，請他們結帳吧。這次就算了，改天再來。」

「啊，不是的，我先生說他晚上會趕來。我是想，既然都來了，您不如也去泡泡溫泉吧。」

佐尾太太一定是不太記得我的名字。回想起來，她說話的方式很特別，好像下定什麼決心似的。另一方面，我只是想著「真是遇上飄盪在日常中的偶發狀況了呢」，雖然先起了點戒心，也還是聽從佐尾太太的建議，去了位於地下室的大浴場。

大浴場那邊，天之湯與古杜湯的入口隔著走廊相望，一邊是女湯，另一邊是混浴。當然所謂的混浴簡單來說就是男湯，所以我推開那藍底白字的「天之湯」布簾，進去更衣處。

有一名先來的客人，光溜溜地躺在一角平坦的大石上。因為是晴天，又還有一段時間才會天黑，深山的空氣又涼爽舒適，讓我好放鬆，徹底享受著久違的露天溫泉。

忽然間通往更衣處的拉門被拉開了，來了一名女性泡湯客。

一般說到混浴，女性不是老太婆就是歐巴桑，但我眼角觀察，判斷來的人兩者都不是，感覺十分年輕。

那個人很快地沖了熱水，徑直進了浴池。

她就在我旁邊，距離近得讓我甚至內疚勝過悸動，所以反而是我顧忌著往後面的大石移動。

「這邊的溫泉好像比較好，因為是露天的關係嗎？」

我不禁去看她的臉。

當然，正是佐尾的太太。

在白濁的熱水裡，只有脖子以上垂直突出水面，深怕打濕臉而不敢稍動的樣子，與緊緊包住頭的毛巾，給人俏皮之感，十分可愛。她一笑，少女感就更濃了。

「人們常說，做人要坦誠相待，」

為了化解緊張氣氛，我把聲音放大許多，裝出磊落豪邁的男子氣概。

「還真的有這種情形啊，一點也不覺得今天才認識呢，讓人感到多餘的隔閡都一掃而空了。」
「不過，這已經是我今天第二次泡湯了。」
「不要泡太久就不會有事的。」
「那個，請你看一下。」
才說完，佐尾太太便在水中背向我，當場站起來。
纖纖水氣，以及淡粉色的裸體，占據了我整個視野。以秋日夕陽為背景，我在略偏逆光中看到的那具裸體，大腿、臀部、背部是整片的青紫和傷痕，肩胛骨之間也有疑似剪刀或利刃之類刺出來的舊傷。
「……」
見我不作聲，佐尾太太緩緩轉身面向我，沒有讓熱水激起任何波動。

和慘不忍睹的背面一樣，正面，尤其是乳房和下腹部，外傷多不勝數，其中還有被烙上去還不久、觸目驚心的一條條紅腫、壓痕、燒燙傷疤。

佐尾太太再次將肩頸以下的部分全部藏在水裡。

「我正考慮和他分手。」

我泡在水裡低著頭，默默無言。之後我們誰都沒說話。然而，任何事都會迎來結束，沉默一樣也有界限。佐尾太太率先打破沉默。

「所幸我們沒有孩子。」

「真不知道佐尾現在到底在幹嘛。」

我不識相地提出這個意義不明的問題，當然得不到明確的回答，佐尾太太只低低說了句「再泡會頭暈」，便迅速站起來，用浴巾包住身體，意思意思點個頭，便朝更衣處走去。

第二天早上，我和佐尾太太兩個面對面在大廳吃了早餐。大概是事情沒有處理完吧，結果佐尾沒有出現，我們請櫃台叫了一輛計程車，前往最近的某某在來線的小車站。之後轉好幾次火車，來到彼此住處的分歧點的總站，在那裡分別。

落單之後，矮小的佐尾與身材豐滿個子也不小的那位太太，宛如肉食動物與草食動物苦鬥般交纏的敦倫圖，噩夢般出現在我的腦海裡，所生出來的嬰兒，右眼偏到臉的中央，左眼卻在耳根旁，全然不對稱的眼神閃爍著，令人心生厭惡。

後來佐尾太太是不是和佐尾離婚了，我無從得知。倒是本來每年都會收到的生日卡片和耶誕賀卡從那一年起就沒再收到了。

陶片

睡醒時狀況大致是良好的；白天多少有些煩雜所以也能熬過去。黃昏時街頭來去的人們因徒勞而疲憊、適度放鬆的表情，甚至連行道樹樹皮的風貌，都有種沉靜感，心情會很平靜。晚間稍早的時段也沒事，可是一到半夜就不行了，我會認為活在這個世界上的每一個人、放眼所及的所有事物都與自己無關，心會變得暴躁，沒來由的敵意束縛著身體，漸漸無法思考。

若是那類能一笑置之的症狀，我也有自覺這麼對待它。實際上，只要我一直努力這麼做，從某一個時間點開始，死死糾結的仇恨之心會漸漸鬆懈。幻想也無妨，就是想和人深情擁抱，那麼此次停火休戰就真的成功了。簡單地說，是睡意作用之下陷入熟悉的酣睡且綿延不絕，起床後在廚房灌下的一小瓶蓋蘋果黑醋格外可口，感覺像喝了昂貴的高級品，光是這樣我就會有更新之感。昨夜的疼痛化為今日生存的糧食，而糧食又化為推送我到晚上的燃料充滿全身，如假包換的一天就此開始。

沒有歸屬就會感到不安。思忖著這個傾向是否只會愈老愈嚴重，卻發現和年輕時的自閉一樣，歸根究柢好像只會連結到自戀，令人悵然若失。有預感會一步步切切實實地走上通往毀滅的道路，無法不深切感受到某人自某處對此現狀投以責怪的視線。話說回來，年過四十原來是如此乏味的一件事嗎？

一到午夜十二點，魔法就消退了。馬車變回南瓜，馬匹變回鼷鼠——這樣說是很孩子氣，但我的心情在日夜之間的落差之大即類似於此，連我自己也應付不了。以前，電影、書、酒、音樂使我得以將白天的活力持續到深夜。亦曾在打工的書店以員工優惠買了幾本鄉土誌，看著書中發現的鎌倉時代古地圖，試著投入廉價的連帶感中。我居住的城市離海僅僅半公里，在那個時代應該是在海底，當我沿著淡墨描的海岸線一一看下去，這裡是那邊，那裡現在應該變成這樣……光是這樣隨興想像就能幫我耗掉二小時，在我三十多歲的時候。我低聲播放牧歌的唱片，啜飲著蕎麥豬口杯裡那帶有煙燻鹽香的艾雷島威士忌。

我怎麼會變成這種陰鬱的女人啊。品味偏好古風是天生的，欠缺率直明朗的性格就像慢性病一樣，事到如今再煩惱也沒用。我認為問題在於近來無論看什麼都無法欣賞，一點都不感興趣，對於事物的好奇心減退，而這種老化現象並非只啃蝕精神面。前幾天，姊姊、姊夫來到我所寄生的父母親家共進晚餐，飯後大家移師客廳，天南地北地閒聊之中，我忽然想起姊姊再婚時送我當紀念品的香爐。那個小小的圓形彩繪香爐，整體塗了深紫色的釉，再大筆畫上櫻花與紅葉，頗為雅緻。我覺得這是個好機會，不如趁機拿來用，於是從儲藏室拿出來，卻不小心摔了一下。出汗、心悸，再加上專注力減退吧，那可憐的陶器從我手中滑落，直接砸在鋪木地板上，香爐蓋便缺了一角。

「有個詞叫作『破鏡』，」

我忙著將碎片拼回破損處，以透明膠帶貼住暫且補救時，

「竟然這麼直截了當地預言我們的將來啊。」

姊姊笑了，以搞笑的表情瞅我一眼，但當著姊夫的面，我尷尬得冒了冷汗。香爐是比姊姊小四歲、在住宅用品零件工廠從事生產管理的姊夫千里迢迢從宇治炭山的一座窯買來，附上練香、印香、香木，作為婚禮贈答用。

姊夫姓入江，名睦夫，我從沒想過叫他入江先生或睦夫哥，也

沒有直接叫過他哥哥[1]，說起來，我從來就沒有好好叫過姊夫一聲。眼看這個情形會一直持續下去，我認為這樣不行，有一次差點就要叫出口了，只是那時看到爸爸坐在外面廊上的背影，便把已到嘴邊的那一聲哥哥給吞回來。

很久以前，我曾有一個哥哥。哥哥長姊姊三歲，大我九歲，所以當他在動員國中生進行社區交流的校外清掃活動回家的路上被非執勤中的警察開車撞死時，我年紀還很小，不太明白死亡的意義。至於姊姊，她從此對於以社區為名的活動和所有警察都懷有一絲敵意，也沒有去學開車考駕照。現在我們姊妹都不小了，多年來面對哥哥的死，我們談了很多，所以並沒有那麼放不下，但已屆高齡、今年就要過七十七歲喜壽的父親，至今仍會在哥哥的忌日那天服一日喪，把眼睛都哭腫了，見他那個樣子，我總會避開會讓他聯想到哥哥的字眼。

我就這樣錯失時機，也快過一年了。後來覺得特地喊哥哥這件事不再別具意義，所以我仿傚工匠、藝人，以「大哥」的稱呼來代替。我不是故意要帥才這麼叫的，但是任誰看一眼就能明白，姊夫有種屬於虛幻世界的氣質，用另一個世界的稱呼更到位，所以我才會這麼叫的——我半狡辯地這麼認為。

姊夫人很好，他和姊姊結婚之前，我有一段時間和媽媽處不好，離家去姊姊的住處借住，姊夫常常提著滿滿一包塑膠袋出現，裡面可能是串燒、可樂餅、煎餃等等，品項固定只有一種，可是數量驚人。姊夫雖然不是一般所謂知性的人，但本質上是偏理性思考，卻又不會

1 日文的姊夫音同「哥哥」。

對人冷嘲熱諷，即使是怕生慢熟的我也和姊夫很親。

「可是小奈她第一次為什麼會失敗呢？」

我和姊夫兩個人在姊姊公司附近的一家小餐館等姊姊下班時，這個問題很快就冒出來了。雖然不是每次都會問，不過姊夫還是在意吧，從他和姊姊交往初期開始，一直到今天，這個問題都定期出現，我也閃躲得很熟練了。

「天曉得，我可是連婚都沒結過呢。」

想知道妻子過去離婚的原因，除了作為今後美滿婚姻的必要參考，更是為了滿足八卦本位的好奇心吧。這我也不是不理解，可是既然姊姊沒說，我也就不好爆她的料，所以即使覺得對不起姊夫，我還是每次都含糊帶過。其實是因為姊姊的前夫是個窺淫癖患者，他本身有病識感，也定時會去成癮治療的專科診所就醫，卻無法根治，在五年的婚姻生活中，姊姊來找我商量過好幾次。我是覺得這又不是什麼值得當作天大的祕密拚死也要瞞住的事，但姊姊和我有不同向量的頑固，我知道她為此極為煩惱，所以也不能隨便洩露出去。

「也是，我自己也離過一次婚。離婚啊，說不定很容易就會走到這一步。」

「可能是吧。」

平常，姊夫到這裡就會鳴金收兵，把話題轉到比較不敏感的事情上面，像是我們都很感興趣的寵物趣事之類的，這天姊夫就是不死心，我應得煩了，便反守為攻：

「那，大哥呢？為什麼離婚？」

眼前的姊夫遙想當年，不是點點滴滴慢慢拼湊，而是極為流暢地回憶起來，我不禁恍然大悟，也許姊夫老早就在等我問這個問題了。

「我啊，現在回想起來真的是只為了一點無聊的小事。」

姊姊叫我來吃晚飯，我從打工的購物中心搭了一班就能抵達的市公車到他們夫妻所住的公寓，本來和在家的姊夫下雙陸棋，後來姊姊來電說可能要加班，我們便改成外食。

姊夫說，他離婚是因為前妻紅杏出牆。她從結婚當年到離婚那段長達二十多年的期間，幾乎每年而且每次都與不同的對象發生關係，聽得我也吃了一驚。

「就是天生多情，也不怪她啦。」

聽姊夫說得這麼豁達是很痛快。之前便耳聞姊夫是十八歲便與同齡的女性結婚，這樣算來，他的前妻便是從十幾歲一直到四十多歲之間，以不同的心境體驗了外遇，我很好奇她以後會不會繼續這個路線，還很不應該地從她身上感覺到作為一個人的自由奔放，心生羨慕。

這一晚姊夫的表白中，最令我印象深刻的，是為後來的隔閡撒下了種子，也是他們離婚的直接原因。據說他的前妻會收集外遇對象的趾甲，而且只收集右腳的，還會收在容器裡保管。就像裝星砂之類的那種軟木塞蓋的小瓶子，用標籤機打出趾甲主人的姓名貼在玻璃面上。姊夫很久以前就知道這些收藏包括自己的在內有二十多只，甚至有時候會出現在夫妻的對話裡（這我就不懂了），有一次他們為了無關外遇的另一件事吵起來，情緒激動的前妻把小瓶子裡的東西全部倒進姊夫的空酒杯裡。據說這些混在一起的男人的趾甲，就像供桌上擺了很久的白飯般膠著在一起，且陳舊泛黃。姊夫就是看到這個才決心離婚的，說他深深領悟到貪婪饑渴的女人，不是一般人應付得了的。

說完後姊夫說：

「不可以告訴小奈喔。」

他在嘴巴做拉上拉鍊的動作提醒我，但我只是心中略略有所警惕，覺得他是個不甚成熟又不懂掩飾的男人就沒多想。總之，我得知了他們夫妻各自的祕密，哪天又有機會三個人一起吃飯時，我再借酒醉說出來吧。姊姊的前夫是窺淫狂，姊夫的前妻是個戀甲蕩婦，順便再扯些我也欠了錢被追債或有私生子之類有的沒的，看看這樣三個人是否還能把酒言歡。雖然我有時候會有這種衝動，但不用想也知道自己終究不敢付諸實行，只會與惰性長相左右。

姊姊姊夫會事先一句話也沒有就在我家翩然現身，有時候是上午早得出奇的時段，有時候是夕陽將門扉染得微紅的黃昏。就來訪次數而言，上個月是一次，上上個月五次，沒有一定，但固定都是星期三，然後一起吃點東西，這種模式幾乎已成為慣例。星期三他們兩個的工作不是半天就是休假，所以我也配合他們，把週休二日的其中一天排在星期三。

最近我們減少外食，大多是用產地直送或去港邊買食材回來料理，不然就是叫外賣。通常是媽媽和姊姊兩個人在廚房裡忙，在等菜上桌期間，我們會把椅子搬到小院子，爸爸和姊夫喝啤酒，我也偶爾作陪。有一次爸爸做了一大鍋咖哩，連吃兩天的第二天姊姊姊夫來了，我們也就五個人一起吃咖哩。由我掌廚的日子雖然極少但也不是沒有，上次我便挑戰做關西風的蔥燒煎餅。我用了特價的九条蔥，麵糊加了野生山藥，在市售的什錦燒醬裡加了一匙金合歡蜂蜜，也算是花了心思，或許是因為這樣，自覺成果還不錯。

「我們這裡還真是一點都沒有變新變好吔。」

我送姊姊姊夫到商店街後面的私營地下鐵站，路上姊姊一定會發出這類感嘆。

「往日一大漁港的感覺還是有留下一丁點的影子。」

姊夫也會照例這樣回。

只要像畫鬼腳圖一樣「Z」字行走過住宅區就能到車站，但姊姊說這樣就感覺不到海邊的味道和海風，而有海是我們這裡唯一的優點，所以她每次都會要求我們先走出住宅區來到國道，在和舊國道交會前的那個三叉路，鑽進旁邊的人家之間蜿蜒的後巷，來到海灘東緣。

我已經在這裡生活超過四十年，對我而言，這麼做根本是發神經繞路，明明直走就會到偏要繞個L形，我實在懶得這樣走，但也不見得完全沒有新發現，所以我也不會強烈反對姊姊的提議。

緊貼海岸線延伸的人行道，這幾年經過修整，一併設置了慢跑路徑和自行車道，與昭和時期比起來，乾淨整潔得令人有隔世之感，可是仍然給人舊態依然的印象，真不知是為什麼呢。姊姊說或許是圍住海灣的山還是老樣子的關係。姊夫則指出，海的味道一如往昔，而氣味會換起記憶。我自己認為是因為馬路微彎的曲線和我以前上下學走過跑過那時一樣。

「不知道為什麼，就是會被這種建築吸引。」

姊夫也是每次走在這條人行步道上就一定會這樣——來到海灘中段時停下腳步，望著車道另一邊那家因鹽害腐蝕而如遺跡般佇立的廢棄餐廳，感慨良久。

「不光是建築，我覺得只要是復古懷舊的阿睦都喜歡。」

「小時候，百貨公司的高樓層會有很大間的餐廳，屋頂像遊樂園，還會賣寵物鳥之類的，真好。」

只要不必趕末班電車，不急著走的話，姊夫會一手拿著罐裝啤酒坐在石階上，望著車道另一邊看上好一陣子。我們姊妹也照做，但當然不會像姊夫看得那麼入神，我們會重提家裡聊過的話題，或是說說附近某某人的消息，等著姊夫站起來。

這家餐廳是我開始去鄰鎮上高中時歇業的，我記得在那之前很久很久，生意就已經很冷清了。姊姊說她記得我還沒上小學之前，我們一家五口曾去那裡吃飯。餐廳裡的裝潢布置和氣氛她都還記得，沒多久便發生食物中毒的事件，客人不再上門，一直呈現店開著但半休業的狀態。後半的事我知道，但我不記得曾進去過。

「他們走的是很正統的五〇年代風，椅墊啦黑白格子地板啦，都一副『正宗美式快餐店』的感覺，我還滿喜歡的。」

姊姊說得像在懷念曾經單戀過的人，接著扳起手指數她喜歡那家餐廳的哪些菜，細數口味特色，聽著聽著，我也覺得好像吃過似的，真不可思議。

我們從人行道下了往斜下方延伸的防波堤，站在海灘上，被海浪打上黑色沙灘的種種物品便映入眼簾。走在海水淺淺淹到橡膠鞋底的海邊，彷彿自己浮在水面一般，要是心有罅隙，恐怕就會忍不住直接走進海裡，就會相信縱使走不到龍宮，走進一個真正適合現今這個自己的異世界也是有可能的。

而破壞這番甜美感性的，便是種種雜亂的漂流物，其中有很多海澡、貝殼、水母、魚類、甲殼類等生物的屍骸，清潔劑的容器、空瓶空罐等生活垃圾也散見其中。我們還曾經看過一堆全是紅色的鐵絲衣架糾成一團，堆得比我的身高還高得多，真不知道是怎麼來的，在某些光線角度下，很像甫出生的哺乳動物。有時候，也會遇到吸了海水濕答答的一坨衣物在消波塊之間拍打，一靠近就一副隨時會攀上來纏住小腿的感覺，實在令人驚心。

看漂流物很有意思，白天是，晚上更是，未知感更深濃，更驚悚。下班後，騎上二十分鐘的腳踏車就會到家，有時候覺得心緒還不能平，這時要是有家葡萄酒吧就好了，可是我們這小鎮不能奢望有那種店，所以我會繞到海邊晃晃再回家。早班的日子是下午四點前後，晚班時就晚上十點多走在浪邊。海灘上除了我，有時有人有時沒人。每當在黑暗中遠遠看見有人，不知為何就覺得那人必是窮凶極惡，當下我會改變主意立刻轉身回家。但有時候，又覺得說不定只要能夠聊上幾句，就能成為一生摯友而滿心澎湃。總之每次的狀況不一而足。

我個人格外偏好在夜色中不到半小時的單獨散步。一旦回到家，等著我的只有吃飯洗澡，簡單來說都是雜事，我相信夜色能為我培養高昂的情緒，讓我得以對抗一到深夜必來臨的虛無與睡意。

那天是滿月，我不知在哪裡讀過，月夜本來指的是走夜路不需要提燈籠的明亮之夜，而那一夜亮得令人不得不同意這個說法，因此使我印象深刻。滿月的照度有〇・二五勒克斯，據說人類只要有十分之一的照度便可行走自如，所以我敢說當晚海邊因光線充足而比冬天昏暗的黃昏更好走。

星空不像平常被雲霧遮蔽而模糊，清晰明亮。約四百公尺的這整座海灘，如畫上的沙丘般明確，每顆沙子都粒粒分明可數。黑色沙灘後獨獨有一團比視野中任何東西都還黑，一開始遠遠的以為是岩石，隨著距離愈來愈近，才知道是野貓和牠的影子，但或許是怕我的人味，那貓立刻跳上堤防，消失在人行道的另一邊。

我走了一小段，來到貓剛才所在的地點，看到沙裡有東西發亮，還不止一個，是四處散開閃閃發光，我便停下腳步。以前我夜裡在同處的海灘散步時，曾被滿是沙的少女娃娃的大眼睛瞪，嚇得我魂飛魄散。很像布萊絲娃娃的那個人偶，大大的額頭上被月光照出了一片冷冷的光，我看到的光正好就和那次很像。

我彎下腰，撿起那個發亮的東西，凝目細看，不知是碗還是盤，總之看來是個青花瓷的碎片，純白的表面上以狂放的筆觸繪著鷺鷥之類的鳥，即使是在夜晚也看得出來。我再次彎身，拾起一片亮光。是陶器的碎片，沒有圖案，是純白的。接著我張大眼睛看到光就挖，將這些陶片逐一就著月光，抹掉上面的沙，放進粗棉襯衫的胸前口袋。不久左右兩個口袋便像豐滿的胸部般帶著孤形，於是我回到人行道，跨上靠在護欄上的腳踏車回家。那時已經超過十一點，若是平常，魔法應該就要解除了，可是這晚卻沒有。

陶器、瓷器還是陶瓷器，我不知道到底怎麼叫才正確，總之從此我便頻繁繞到海邊，養成了在海邊亂晃找碎片的習慣，也許可以說是找到了興趣。當然，若沒有又大又亮的月亮，還是白天比較容易找。有的是帶有翡翠般的綠，有的是整片帶著淡淡的紅，我這才知道沙裡真的有很多碎片，不太敢像過去幾十年那樣夏天都赤著腳走在海邊了。或許是多年來海水來來回回不斷沖刷之下，每片碎片的邊角都磨掉了，不再尖銳，就算踩到了大概也不會受傷太重就是了。

晚上，來到危險的時刻，我都會回到房間裡，從書桌最下層的抽屜裡拿出一個很像藥箱的盒子，打開上蓋，把箱子裡的東西一一拿出來攤在桌上的黑色不織布上把玩。碎片在檯燈的照明下顯得更加冰冷、堅實。看著看著，首先是身心都放鬆，開始感到有睡意，接著不明的不安在心中擴大，愈發尖銳的神經像草細微的痙攣般顫動。這和以前我就寢時的狀況相比，順序正好相反。以安眠換來的緊張很痛苦、很累人，卻比放鬆的心境更清淨，反而爽快。很像戀愛的初期症狀，為我帶來回春的效果，也讓我忘掉南瓜和鼷鼠。

碎片或許反映了我偏頗的品味，收集的全是白色的，染上若干藍色釉藥的青花不會怎麼介意；紅色系的斑點如果只有一點點，雖然像血跡很刺眼，仍會帶回家，唯一的原則就是收集以白色為基調，至於為什麼非白色不可，我自己也不明白。我想，多半沒有原因，就當作我為這個顏色著迷吧。儘管懷疑自己對碎片執著的程度和性質，仍在白色的世界裡漂呀漂的，很是滿足。

我跟恩姆提過我這項新興趣。她是個演員，每次只要有人稱她為演員，她總會覺得很不好意思，可是當我以演員、優伶、舞台人來取笑她，她都會正色反駁。初次見面時她給我的名片上，藝名旁邊印著「舞人」，要是我，以這種自己造的詞自稱才更害羞，明明只要一句「我是劇團演員」就能交代，她身上卻完全沒有這種對表露感性而羞恥的感覺。

我第一次見到恩姆，是在壽司鷹的吧檯座位上，母親也在場。對於常客好奇的視線，她的態度不卑不亢，宛如一隻散步途中被突如其來的雨淋濕的家犬，每次回想起她當時毫無防備的站姿，我都覺得叫她女演員才貼切。因為，那時候的她絲毫沒有露出我後來才知道的特性。

壽司鷹是我們家從祖父母那一代就常去的壽司店，那晚父親不在，我和母親兩個人去。店主老夫婦經營多年，許久之前就交棒，現在由與我去世的哥哥同年的大將和他太太一起打理。由於從小光顧，我在這裡可以像在家裡一樣放鬆，也較能與其他人社交。對素未謀面的人搭話這種事，平常我是絕不會做的，那時候會叫住拜託大將讓他在店裡貼舞台劇海報的男子，大言不慚地跟他說有傳單的話就給我一張吧，也是因為是在壽司鷹裡才有辦法。當然，我其實應該跟神情還帶著幾分稚氣、會令人誤以為是高中生的恩姆搭話才更合適。

「我們這次的演出不是正式公演，算是實驗性的，完全是劇團外的活動。是以編舞家、舞台服裝設計師和這位演員恩姆三個人為中心，才剛開始運作的新團體。」

瘦臉男子沒有傳單，直接詳細地說明起公演的相關資訊，而我則不得不聽他說明，直到恩姆打斷我們，

「這是我的名片，背面有劇團的資料。」

現在回想起來，當時她從身上那件鬆垮垮的軍外套——也不知是不是跟室友借的——的內口袋拿出名片，貼住壽司玻璃櫃上般放下

名片，幫忙男子在大將指示的地方貼好海報，朝我微微一點頭，走出壽司店。

那是二月下旬的事。到了三月，ＯＬ時代的前同事說有一場只找女同事的聚餐，問我要不要參加，於是我去了趟橫濱。一直到回程上京急線之前，我幾乎忘了恩姆這個女生的存在。只不過，憑著一張名片就上網查了個遍，把人家的所屬劇團事務所地址和公演日期時間都記起來，根本不能否認我確實很在意她。

那一晚，睽違數年的前同事和她的部下之一，一個姓堂園、到四月進公司就滿一年的熱血女孩，乾了杯後就迫不及待發起牢騷，覺得無趣的我不到一小時便告退，在距離我家最近的車站提前兩站下車。出了剪票口，在從東口來到馬路上就會看到的圓環邊的公車站前長椅坐下來。那裡不是公營公車定時會出現的站牌，而是往來於車站與大學之間的校車站牌，學生時代我不知道在這張坐起來很不舒服的戶外長椅上度過多少無所事事的時間。

過了眼前那條斑馬線不遠就是商店街的入口，有一家當時剛開業的花店，二樓是我第一次打工的茶館，這兩家店都沒了，現在樓上樓下打通，開了一家藥妝店。我朝在夜裡發著白白亮光的那裡看去，記得我應該有想要買的東西，還在想著到底想買的是什麼的時候，不經意看到車站大樓的數字鐘顯示二十點三十三分，於是我折回車站，改從西口出來，走過感覺四通八達的巷弄，抵達目的地的Live House。

根據網站上的公告，開演是八點，所以一推開門，後方旋轉舞台上淡紫照明中半裸的恩姆正被電子音樂與煙霧包圍著，朗頌詩句般地說著獨白。我忘了劇名，記得是一個與扇子有關的男女愛情故事。比起對白或劇情發展，這齣戲更著重在欣賞演員的動作。用一句話來說，便是青澀，有些場面讓觀眾臉紅，但恩姆的身體，還有音質，以及神情散發出來的革命氣氛，我倒是很喜歡。人類的孩童或動物，沒有特定理由便逃走、反抗周圍的革命，與其用漢字來寫，用片假名（カクメイ）來呈現，帶有幾分喜劇感，也比較不突兀。

這天雖然沒有樂園演出，但正如招牌上的「Live House」之意，有樂團演出時，一組鼓加上麥克風架，四個大人再站上去，恐怕動一下就有人會踩空，這舞台就是這麼小，舞台劇也是配合場地的小品。

「我們之前在商店街的壽司店見過！」

我把淡得只剩水味的莫斯科騾子連著碎冰一起喝完，正猶豫著要再點一杯什麼還是要離開時，換好衣服的恩姆從後面的門出來，在我旁邊的高腳凳坐下。

「妳來看了呀，謝謝。」

鼻影、眼線、腮紅都卸掉了，只有嘴唇微紅的笑臉讓人聯想起剛泡完澡的孩子的臉，落幕後尚未冷卻下來的亢奮使她的聲音高了好幾度，肌膚散發出來的熱度令人目眩神迷，我垂下眼。都這把年紀了，不成熟的我還無法輕易說出「很精彩」、「真好看」這些言不由衷的場面話，

「我都看得入迷了，實在太漂亮了。」

聽來像是半開玩笑地這麼說，其實是我真心的感想。

「不過，前天因為是第一天，後半就忘詞了。」

「妳演戲演多久了？」

「唉，前天晚上其實是我第一次站上舞台。所以剛說的第一天是我自己，不是這次公演第一天。」

「同台的兩位，我想也不是專職的演員吧。」

「他們當幕後很久了，演戲好像是第一次。上台的全都是沒經驗的人，據導演說這具有什麼挑釁的意味，我是覺得有點厚臉皮啦。」

接下來的話題脫離了戲劇，聊起彼此的興趣、是哪裡人、喜歡的明星和電影，不知怎麼聊的，

「一穩定下來，人就會孤立。」

她沒頭沒腦地說出這句話，於是天南地北的閒聊便開始有點憂鬱的氣氛。

「光是活著，就有很多不安。明明內心一點也不平穩，可是日本人就只顧著體面，所以很難開口求助吧。」

「也許是有國家和平又富足這個前提在才會這樣。」

「我倒覺得明明沒有任何人是富足的，才會變成這樣。一想到我

們居住的這塊土地充滿偏見或謊言……。」

「把面子擺在最前面，已經算是社會共業了。這麼一來，說到底，走出活著的空虛的捷徑便是墮落吧。」

可惜的是，我和她的對話被這次舞台劇的導演，一個一頭亂髮的男人打斷了。這男人拉著她，從雙向彈簧門進了吧檯，消失在通往廚房的門後，臨走之際，她在我耳邊悄聲說了手機號碼，頭三碼說了一次，後八碼慢慢說了兩次。

「若是覺得墮落也無妨，就跟我聯絡吧。」

我吃了一驚，不禁看向恩姆的眼裡，

「雖然，我其實一點也不墮落。」

她也直勾勾地注視著我。

我還有餘力從手提包裡拿出記事本，趁著還沒忘記把號碼記下來，為有望獲得意想不到的朋友而歡天喜地，心情滿到就連回程走到車站的路上和醉漢相撞被對方吼也不以為意。站在月台上，撕開飯糰的透明包裝紙，邊吃邊想起黏在她鎖骨上的那一小片銀紙雪花。

後來她親口說我才知道，她是因為覺得我有一號的素質，才約我的。所謂一號也就是女同志在性事上擔任攻的一方。

之後與恩姆每次見面都愈加親密，彼此言行也都坦誠不諱。一開始她無論說什麼，都常用「真的」這兩個字，漸漸地也不會了。覺得自己好像有點太輕率冒失而自責的情況倒是常常有。

恩姆是去年年底離開位於岐阜的老家，事先找到在徵求團員的公告入團試用，現在寄居在主持那個劇團的一個叫神木某某的男人的住處。她的本名叫美馬真奈美（MIMAMANAMI），用羅馬拼音寫起來有很多M，所以過去的綽號之一就是恩姆，她便直接以此為藝名。

我們公司上個月才因跟風導入下午茶時間，有次下午茶時，我將恩姆設定成一個架空人物來提起，

「不到十五歲就離家出走，原因可能不單純，不過青少年反抗父母還讓人感覺可愛，但過了二十歲才這麼做，就不是那麼一回事了。」

和我同期進公司的研究生野見山說得一副很懂的樣子，我不禁笑了。這個男生明明才二十四、五歲，年輕得很，身段和態度都十分柔軟，給人的印象良好，可我總覺得他好像少了什麼卻說不上來，這時我終於搞懂所以笑了。簡單來說，他是個無情的人。雖然有點想跟他抗議說「亂講，離家出走的人不管幾歲都很可愛」，但我和他一起當班的日子很多，明天也要見面，便決定不要表示無謂的反對。

為了五月第二個星期天的節日，前幾天我去了高島屋買摩洛哥堅果油和保濕乳霜的禮盒組。最近我幾乎都是固定休每週一、三，平

日很適合逛街，可是我向來不喜歡漫無目的地在路上晃、物色中意的店家，要去哪些店甚至要買些什麼事先都決定好，三兩下就解決了。雖然還不到中午，但我沒吃早餐就出門，便出了車站大樓走向大馬路，決定看到第一家咖啡店就進去吃點輕食。

聞著店內瀰漫的烘豆香氣，獨自走在鬧區而萎縮的心慢慢舒展開來，胸口的悸動也漸漸趨緩。一落座，我便從側背包裡取出印有兔子戲浪圖案的透明文件夾，抽出裡面的一張紙，在桌上攤開。必填項目大分為三種：首先是個人資料，姓名住址生日、最高學歷、服務單位、目前的年收、是否結過婚、家族成員欄還規定要分同住者與分居者來填寫。其次是自由填寫項目，主要是興趣和自我介紹的欄位，還附上好幾個勾選格子表明抽菸喝酒的程度和頻率。對伴侶的期望條件欄占據了背面，下方是簽名蓋章的欄位。

我邊吃著米蘭三明治，邊帶著微微的好奇填寫。在自由填寫項目的地方，來了點興致，在興趣那一格寫的不是這幾個月一心一意的收集陶器碎片，而是三十五歲之前一頭栽進去、對收入微薄的我來說太過奢侈，而今有點後悔的海外旅行。自我介紹的部分，由於我的筋很軟，可以一百八十度劈腿——也就是瑜珈裡的猴王式，就以小字密密麻麻地寫了前幾天同住的父母有事外宿不在家，洗完澡我全裸在客廳做了這個體位法被院子裡的三花貓母子看光光的事。吃完麵包的時候我已經倦了，背後的空白就從Signo的超極細換成麥克筆，寫個「M」了事。看著文字，我發現四月底見過面之後就沒再看到恩姆了。

前幾天，母親在早餐的餐桌上把公益財團法人經營的婚友中心入會申請書拿給我，實在太過突然，害我沒有餘力掩飾我的震驚。

「聽說最近流行夫妻新婚就分房睡，那到底算什麼啊？無性生活的意思嗎？」

我從未聽過母親言及性方面的事，忽然吐出這種用詞，讓我頗為驚訝。

「聽說連帳戶也是夫妻各管各的，這不就等於彼此存款和薪水都是祕密的意思嗎？對現代的人來說，結婚的意義到底是什麼？」

「我忘了是誰，記得有個偉人說，婚姻生活就像一段漫長的對話。」

其實，我知道這是尼采的名言，昨晚我才剛在網路上看過。

「可是，媽覺得年紀大了之後，能不能一個人活下去也是個問題。就算年收入不到二百萬圓，夫妻兩個都在工作應該還好，重點是要先說好不要生孩子，所以我想妳最好是從年紀差不多、或是大一輪的五十多歲裡找伴。妳爸爸已經決定把這房子留給妳，也跟奈緒子透露過這個意思，聽媽一句，就算只註冊也好。」母親說完把申請書放在筷架旁便匆匆離開了。

「就算只是為了將來能有人可以互相照顧，重要的是妳能想通並做出決定。」

習慣一到初夏便將小矮几搬到簷廊吃早餐的父親不時偷眼往這裡瞄，我覺得好尷尬，只好提早去上班。一直到今天都過了整整一週，我的情緒還是無法平靜，自認採取放任主義的母親首次做出這樣的干涉，大大震撼了我。就算沒這件事，前一天我在工作上搞了個大烏龍，在打烊會議後被店長叫去罵，心情正鬱悶，臨下班正煩躁地收拾東西準備回家時，又有人一副打圓場似地約下次一起吃午餐，多少也造成我的心理負擔，讓我深深感到自己已經到了世人所謂難相處的老姑婆的年紀了。

其實，若說這些對我造成深度傷害倒也未必。上週那個大雨天——從客廳傳來的電視聲聽來，應該是星期六——我在晚間稍早的時刻回到家，正在玄關台階和穿的時候只要一套就好、脫的時候卻總是很費事的雨靴搏鬥時，父親拉開和室的拉門，一身睡衣的走出來，給了我一張明信片。我心想誰寄來的啊，隨便瞥了一眼，是靖之寄來的遷居通知。內容很簡單，印了一段制式的問候加上寄件人的姓名住址，小小的空白處以熟悉的筆跡寫著「最近找個地方喝一杯吧」。我頓時感到心跳加速，呼吸也有點不順，而正是這時心跳的振幅，放大了催婚和工作上的失誤造成的軟弱。

收到曾經親密後來疏遠的人突如其來的問候，一般人會有什麼反應？正常是先考慮需不需要回信，我也這麼做了。如果不需要，這件事就可以暫且拋開，不久書信本身便會失去意義，之後如何則是因人而異吧。像我，空閒時間很多，便沉溺在無邊無際的幻想中，大概是因為幻想也包含了回憶的要素，才會一發不可收拾。靖之是個什麼樣的人，他的口吻、動作、樣貌陸續浮現，重播完輪廓之後，接著思緒便朝著重新檢討自己與他怎麼交往、為什麼分手的方向偏去。想起最後一次在街上巧遇，他邀我一起進到附近的咖啡店，我點了冰拿鐵，他點了檸檬氣泡水，聊到一半他想加點焗烤吐司，卻因服務生一直沒出現而不了了之，然後回憶就在此處中斷。是什麼讓我想避得遠遠的，現在再清楚不過了。

回想起來，與靖之上床我從來沒有感到滿足過。我把積在牛仔褲皺摺裡的麵包屑掃到地上，喝了剩下的豆漿拿鐵，又把剛才那張紙從透明文件夾拿出來，在興趣那欄補寫了回憶，並且在空間所剩無幾的自我介紹添上一句自己在LGBT中可能是L而不是B後，連同放在桌上的私人物品一起收進包包，離開了咖啡店。

寄件人只有「守田靖之」，沒看到應該聯名的配偶名字。這麼說，靖之離婚了嗎？或許是天熱或是本身的血液循環良好，光澤飽滿的臉頰染上了淺粉色；長長的眼睛的銳角利得彷彿手指劃過就會割傷；嘟起的雙唇，本人或許沒有察覺這些全部融合在一起產生的印象多麼富有價值，神情仍如幼童般一派純真，那樣的她如今在哪裡？

「我下個月要去登記。」

一在店內最裡面的座位面對面坐下來，靖之就這麼對我說。明明又沒人說想看，還是讓我看了一大堆婚前旅行去格拉斯頓伯里露天音樂節拍的照片。

並不是想見一面的那種溫吞感情，如果是的話還比較輕鬆。她完全就是我喜歡的類型，以至於從那天起，這兩年我內心某處好像梗著什麼，使我無法安心。緊迫的程度隨著時間過去而減輕，順利的話應該會日漸淡忘，我也不用再多想，這張惱人的明信片偏偏在這時候翩然而至。

我多半是看輕靖之這個男人的。不是輕蔑，要我瞧不起共度許多年輕時光的人是不可能的。可是與此同時，那天在手機螢幕上一張張照片中隱約可見的、靖之那年輕未婚妻的美，只有在我，而非她將來的丈夫眼中才成立。因為她的容貌與所謂的美女有一點距離，靖之偏好世俗定義下的美女，從總計近百張照片的任何一張都看得出，他對她並沒有那麼深的愛情。

她不應該和靖之，而是要和我一起才對——每次這樣想起來我都很不甘心。我體內有座與生俱來、愛同性的火爐，若這座火爐最初的火種是她，那麼眼前毫不吝惜地為我添柴的，便是恩姆。

＊　＊　＊

才經過剪票口，便聽到列車滑進月台的聲音，我趕緊跑下樓梯。在電車上晃了二十分鐘，下了車便越過平交道走向我常去的海邊。我不像平常走在水際，而是走向西緣的草地，因為從車窗看過來，在水很淺、好似積水般平靜的狹窄河口的河灘上也有陶器的碎片在反光。加上我濫淘淘過了頭，這陣子在海灘找到的碎片幾乎都沒有白色的了，有必要開拓新獵場。

我站在古老的石橋上，拿出婚友中心的申請書折成紙船，放到河面上漂。看似止水，其實水流不小，只見紙船很快流向下游，朝海而去。要是有人在海邊撿起來打開，上面就記載著我真實的個人資料，一想到這是名符其實的個資外流，陣陣笑意便湧上心頭，我目送紙船離開較急的主水流，直到它停在岸邊的水坑。

我決定必須為我的性取向正名，而不是用一個L字簡稱，卻又對向親人坦白感到遲疑，我看著紙船沉入水中，為如此懦弱的自己焦躁不已。

一到夏天人就變多，是全日本各地海邊的通則，連我們這樣的小小港邊小鎮也不例外。五月、六月新潟、目黑、濱松一連串恐怖的命案天天上新聞，讓我再次深感人這種生物真的什麼事都做得出來，覺得我們這個小地方好像也有惡魔肆虐，令我有種走投無路，不願步出家門一步的心情，連工作也時常請假不去。有些日子甚至整天關在房間裡，所幸世足賽和溫網等盛大熱鬧的體育賽事相繼開打，電視轉播時間經常是在深夜，讓我得以在忘我之中度過難熬的夜晚，也有了面對世界的活力。

這個秋天我在書店打工即將邁入第四年。這家書店是連鎖經營，除了販售書籍還開設音樂教室，在縣內便有九家門市，我所服務的這一家位於購物中心內，雖名為書店，卻沒有半點書香，隔壁就是以親子共遊為賣點的遊樂中心。剛開始上班的那一個月，整天作響的電子音和金屬碰撞聲讓我很不舒服，還認真煩惱過要不要申請調動，但有一次在行銷會議上徵求新人的意見時，我提議設置一個以目前仍在世的翻譯文學作家作品為主的專區被一口回絕，之後我就對任何事都提不起勁了。

「應該可以吸引一些讀者啦，尤其是年輕的讀者。」

「我好歹是英語系畢業的，喜歡外文，也很了解伊東小姐的意思。」

我後來才知道，我們店長的上一個工作是商用卡拉ＯＫ機的行銷業務。

「我也不是不想做這項嘗試，如果是在東京都，或至少橫濱那邊也許還行，可是我不相信這個小鎮會有多少人想讀莫迪亞諾（Patrick Modiano）或亞歷塞維奇（Svetlana Alexievich）。」

「這麼說也是。」

「像我這種老油條，首先在意的就是書賣不賣得出去，很市儈吧。」

他露出尖尖的虎牙笑了，看他臉不紅氣不喘說自己老油條，舉出顯然是因為諾貝爾文學獎得主才會記住的作家名字，品味如何，我就不予置評了。不過我很感謝他早早打破我對於在書店工作懷抱的幻想。不可以將自尊自傲帶進工作是我出社會以來深切學到的教訓，而他也教會我不要對美感有期待。

話雖如此，沒有理由連下班時間也非得和這種人綁在一起，所以我極力避免公司活動或聚餐，可是我還是決定參加下週末舉行的交誼會。地點是離我家很近、我一度為了收集碎陶片頻繁前往的那個海灘，擔任幹事的店長說想辦開放式的聚會，以野餐的形式進行，我不顧職場倫理對不知道海灘禁止用火的店長提出最好再準備一個烤肉以外的替代方案等等建議，跟他不斷討論之下不知不覺地就想幫忙了。一方面因為這次是隸屬於縣內東區的三家店聯合舉行的慰勞會，再者就是今年夏天，公司連兼職人員也一併發了獎金，儘管金額不多，卻也讓我不好意思像平常那樣乾脆地表示不參加。

那天是晴天，氣溫一度上昇到三十五度，到了該集合的十一點，只有店長、野見山和我三人，我在家裡和海灘之間騎腳踏車來回好幾次，直到大致的準備都完成了。為了不讓野餐墊被海風吹翻，拿了流木、石頭、保冷箱等物壓著，在正中央擺好跟爸爸借來的矮几時，外燴餐廳打電話說我們預約的餐點到了，兩位男士就去取餐。這段期間，我就像賞櫻花時占地方似地坐在墊子旁邊。

途中雖然人數常有增減，最多時大約來了三十人，整場聚會自始至終都在平和、微溫的氣氛中沒出大錯地進行、結束。與會者的平均年齡約三十五歲，男性占六成，女性幾乎都自備陽傘，其中也有圍著防曬脖圍、戴著袖套的學生。眼見沒有人因熱氣或酒精發瘋，萬事順利，我放下肩上的重擔，也為得以與去年還在同一家店工作、今年春天才調走的同事重逢而開心，我們討論話題新書、走進海裡泡泡小腿，也算是盡情享受了夏天。

籃子底部有聲響，取出手機一看，是母親打來的，說父親要送酒來她怎麼勸都勸不住，等等就會過去，要我接應一下。就算是騎腳踏車也算酒駕，所以作為主辦人員的我滴酒未碰，回母親說我把垃圾拿去丟順便去接父親。

「妳不是從一早就進進出出忙著準備嗎？妳爸好像被妳們的活動氣氛感染了，吵著說他也要去海邊喝一杯，妳就讓他加入吧，放他一個人坐在角落就可以了。」

於是我等著，好一會兒終於看到穿著寬鬆棉短褲的父親停好母親的淑女車，從後座拎起一個水桶——裡頭被板狀的冰塊夾著的一升瓶突出來，從海灘邊緣的提防盡頭走下來，找到我的所在位置，慢慢走近。父親血醣過高，平常不知是自己忍著還是醫生要他節制而不喝酒，今天是特別得到母親的允許。

「我說，香生子。」

或許是書店店員的習性，也可能只是因為坐在沙上很熱，多數人都站著吃喝，不知不覺野餐墊上只剩下父親一個人盤腿坐在矮几前自斟自飲。裸露的肩頭雖然披著浸過冰水再擰乾的濕毛巾，但我還是擔心強烈的陽光會讓他中暑，保險起見我撐開自備的陽傘替父親遮陽，在他身邊坐下來。

「我是不想管啦，」

每當要說什麼正經話之前，父親一定會說這句。

「可是奈緒子那個什麼妊活的，真的不要緊嗎？」

「嗯，一開始我也有點擔心。」

姊姊到九月就要滿五十歲了。女人不是說有生理期有排卵就會懷孕，可是就算真的懷孕了，也有染色體異常和妊娠高血壓的風險，所以當姊姊說想要小孩時，我並不贊成，只是實際看著她認真攝取鐵質、蛋白質、葉酸等保健食品，又上健身房努力加強體力，不知不覺就轉為支持她了。人人都明白，畢竟每個人都有自己的人生。

「那妳打算單身一輩子啊？」

「我沒有什麼打算啊，就是必然變成那樣吧？不能怪我。」

「乾脆跟他們其中一個在一起。」

海灘上，我事前就拒絕參加的海灘排球賽開始了。一脫掉T恤打起赤膊，年輕男子身上的短褲看起來就像泳褲。

「爸你真的管很多呢。」

「不是有很多看起來人很不錯的年輕人嗎？」

由於天氣太熱，比預定的四點還早散會，等我收拾善後完回到家，只見母親閉著眼睛躺在客廳沙發上，父親在一樓小房間的床墊睡成一個大字型，於是我盡可能悄悄爬上樓梯，在二樓上了洗手間。

把晾在外面的衣服收進來，正在我的房間換穿簡單的家居服時，手機響了。平常以簡訊發個「今天好嗎？」或「見個面吧？」的短句約我出去是恩姆一貫的作法，有時會補上確認是月（經期）末或月（經期）初的字句，增加到快到字數上限的七十字。

「電影和戲劇處理異性戀題材，妳不覺得已經玩不出新把戲了嗎？」

遠遠看著在我們約好碰面的車站大樓咖啡店裡看劇本的恩姆，我想起兩人初次共度那一夜，她先一人辦好住房手續，再叫我進去，劈頭便對我說這句話。而今晚在相隔一個月的雲雨後，她也說了同一句話。在冷氣很強的室內，我們一絲不掛地裹著被子，在黑暗中，她力陳動畫《魯邦三世》中峰不二子這一點紅多麼煩人，至於《魔女宅急便》則是一再遺憾地表示要是叫「蜻蜓」的那個男孩是女孩，這片還勉強可以看云云，我興味盎然地聽她說著。

「如果前提是有什麼內在情結的話還能理解。」

「戀童之類的？」

「嗯，或是戀父。」

「那也太侷限了，畢竟男女成對的不是滿街都是嗎？我倒是覺得以多數派為題材，就一個表現者而言不算失職。」

我的回答不全然贊成，她像是要責怪我一般，

「那種算是搞曖昧，連前戲都不算，是家家酒，才不是愛。」她決絕地說。

那麼愛是什麼？我當然不會白目到問這種問題，因為根本沒有答案。預定年後上演的正式公演劇碼決定了，下個月就要開始讀本，而劇碼偏偏是《羅蜜歐與茱莉葉》，所以她火氣有點大。於是我配合

她，一起把古今東西著名的男女愛情故事拿出來數落、竄改、惡搞著玩，玩著玩著恩姆再次來摸我，我便說我想試試一件事，她點頭的額頭擦過我的下巴。我爬起來，將房間裡所有的燈打開，掀開恩姆裹在身上的被單，讓她仰躺，要她雙手在腦後交握，腿根以下用浴袍蓋起來，將嘴角露出期待的笑容看著我的脖子以上部位蓋上浴巾，然後看了她赤裸的雪白胴體好一陣子。

「好了。抱歉，會不會很悶？」

只見她輕輕搖頭拿開浴巾，抬起上身，

「咦，好了？就這樣？」

「嗯，就這樣。」

上個月底，我去了海灘，不是為了採集陶片，只是想泡泡水。

不巧那天是星期天，擠滿了人，我打著赤腳在水際晃時，看到一具臉上蓋著寬沿帽、身穿比基尼仰躺的女性身體，一個看似她兒子的男孩正往上面鋪沙。他先從腳踝開始，漸漸往上埋好雙腿，接下來不知道是不是覺得內疚，沒有繼續埋身體的部分，而是著手去埋手臂。當他將兩隻手臂都埋好的時候，一個拿著一杯刨冰看似父親的男子喊了男孩，堆沙的遊戲於是中斷，母親或許是沉沉睡著了，一動也不動，我站在她身邊，以腳趾挖沙，假裝在找東西，視線盡情地在那具胴體上來回。這令我再次發現儘管早已察覺，內心蠢動卻一直逃避不願面對的，對胴體的偏愛。

「其實，我也想看後面。」

「好啊，這種忙我很願意幫妳。」

我喜歡恩姆的胸部、腹部，也很喜歡她背部柔和滑順的起伏。

「真是長足的進步呀。」

恩姆笑了，這麼說。她將額頭靠在枕頭上，再蒙上浴巾，笑聲因此聽起來悶悶的。

單薄柔韌的背，在室內燈和床頭燈兩種微妙差異的照明下，赤裸裸地展示出陰與陽的不同，被點燃的我不禁上前抱緊了恩姆。

「不過香生子，再進一步吧，試試看能到哪裡。」

「是嗎？所以我還在開發中囉。」

我將她的身體翻回來，頭對腳地壓在她身上，嘴唇貼住她的腿根，頭立刻被一股舒服的力道夾在雙腿之間。

我想起小時候自己一個人看家，看著姊姊的萬花筒打發時間，碰巧看見一個鮮烈得令人屏息的圖案。我為了維持這個圖案小心翼翼把萬花筒放在書桌上不去碰到，不久卻忘得一乾二淨，放十姊妹出籠活動，鳥兒偏偏這麼巧地飛到萬花筒上將它弄倒。於是我領悟到，世界充斥著冗雜之物，再小再細微的事物，都能導致裂痕進而崩解，如此脆弱。人與其悲憐地遠望著轉瞬即逝的協調，更應該投入其中、樂在其中才對。最近，我實際感受到不再用L這種隱語，能向四周明白說出我是同性戀的日子不遠了，也感覺到明確的氣概將萌芽。只是恩姆是雙性戀，將來還是會和哪個男人結婚吧。在這個充滿偏見、大家都帶著有色眼鏡看人的社會，走那條路才輕鬆，而她自己也知之甚稔，認為這就是雙性戀者的彈性，我也沒辦法。

隨著我認為分手不遠，對恩姆的渴求更加強烈，九月十月幾乎每週都和她見面。中元連假之後，我將排休從星期一、三改成二、五，純粹是因為恩姆的劇團的排練是這兩天，練習後她通常心情都很差，而聽她說劇本、導演概念的壞話當枕邊故事的時光非常愉快。除了上班和位於鄰町的商務旅館這兩個地方，我哪裡都沒去，秋天就這樣過了。我對父母說公司的聚會變多了，深夜回家怕吵到他們所以會外宿，但日薪才五、六千圓的我不可能負擔得起這樣的花費，他們也心知肚明。總而言之，他們以為我交了男朋友，所以母親從她那鑲有法國里摩（Limoges）產瓷器的銀質珠寶盒拿出古董戒指給我，父親也說如果要用車儘管開去用吧。

我也曾經心動，想著偶爾可以開車和恩姆到別處去，可仔細想想，在溫泉旅館或觀光飯店交歡，活像頂客族會陷入的那種例行公事，感覺格外悲哀，而且別的不說，我們都認為與其跑那麼遠，寧可把時間花在深化性事上。

想一想，我也難得去那個海邊了。遠因大概是今年夏天太熱，主因則是白色碎片幾乎都被我淘光了。儘管心裡模模糊糊想著隔個一段時間等颱風季節過了再去或許會有新的斬獲，可是如今都十一月了還是提不起興致去走走。若論厭倦收集碎片的徵兆，別說和恩姆關係匪淺那時候，早在初次見到她時就已經開始了。只要心中描繪著她的容貌和我們的纏綿，對世界的懷疑和恐懼都會一掃而空，使我愈來愈積極正向、心理健康。事實上，透過肉體與他人結合，處於能夠容許自己滿足於此的心境中，真的很療癒。我還想和恩姆在一起久一點。

站前曾有棟商業大樓——大約在年號從昭和換成平成的前後落成，後因老朽而拆掉——裡面有一間畫廊，我們姊妹以前一到暑假就被逼著去那裡上課。那個教室教水彩也教工藝，姊姊和我分別上過雕塑和素描的基礎班。我還有正職工作的時代，去旅行都會帶著畫具同行，現在偶爾也會去公園或海邊寫生。

我想將恩姆的肖像和她的回憶一起收進畫冊作為紀念，想拜託她當模特兒卻不敢開口，因為她明明演戲，也喜歡談論前衛戲曲，卻對所有的藝術抱持懷疑的態度，或乾脆說嗤之以鼻，就算拜託她，只怕也會被拒絕。我的確也認為藝術品若不是與人的祈願和欲望結合，存不存在都無所謂，但這一次，這些條件應該都符合了。就算沒有模特兒，她的骨架和肉的質量都已牢牢刻印在我腦海中，我只要臨摹心中的恩姆就行了。我昨晚以速寫的手法畫了約二十張她的畫像。一開始有的是她在椅子上盤腿而坐、有的是直立著水平伸出雙手，最後在紙上只剩下胴體的女性畫像。

乍看之下，宛如抽象畫的概念，想必沒有人能一眼看出那是一名女性的裸體，但我自認這在我是非常成功的畫作。全然不見頭部和四肢只有胴體的恩姆的裸體，由於是以身體的背面而非正面為題材，更加難以識別，可是我成功地畫出了她腰部的曲線、薦骨、向內側靠的肩胛骨。

我是以黑白兩色的顏料畫在灰色的紙上，凹陷的地方塗得黑黑的，發亮突出的部分以白色強調，看起來像是濕的。我怕看著看著就會勾起情欲，決定把沙灘上收集來的碎陶片貼上去。我挑出與恩姆皮膚感覺類似的，以萬能膠黏貼。碎陶片不直接使用，而是以鐵鎚先敲碎再拿來黏，其中有很多色澤真的很像從人類肌膚剝下來。我原以為數量足以用來蓋住她的背，結果不夠，而且就是沒有能夠表現我特別眷戀、靠近腋下那部分的膨脹的質感。

為了尋找剩下的兩小塊，我在秋天已近尾聲，天空高遠的白晝日光下，來到安靜的海邊。海風失去濕度，底部蘊含著冰冷的冬初的空氣。我將雙手插進運動夾克的口袋，在水際走了一趟，沒有找到。我早早離開海邊，朝國道踩起腳踏車，從海灘數來的第二個十字路口轉角，有一幢車庫風格的平房，本來是一個姓塚原的六十多歲男子獨居於此，幾年前他蒸發了，一開始改成銀髮族麻將館，現在是公營的二手商店。鐵皮屋建築的內部，據我父母說夏天會把人熱癱，冬天又相當冷。這裡免費回收民眾不需要的物品，所以父親常把舊高爾夫球球具、家電、久已不穿的西裝堆在車子後座載來，但幾乎不買東西。相反的，母親認為一股腦兒把東西往這裡塞反而會給人家添麻煩，便以極其低廉的價格買些古綢或古布回來。他們的僱員據說以身心障礙者為主，所以我也想支持他們，只是數年來一直沒來過，這還是第一次踏進店門。

拉門半敞的入口旁，有一座對流式的煤油暖爐，低低的天花板上電燈泡亮著，店內比外觀給人的印象明亮暖和得多。密密掛滿冬季上衣和和服腰帶的衣架後方，有陳列影音器材的貨架，再後面則是餐具區。我的目的只有一個，就是找到顏色適合的陶瓷，買下來打碎作為肖像的材料，也就是捏造碎片。

在印有標記或商號的餐具、玻璃杯、咖啡杯組隨意擺放之中，我看到了那個京燒香爐，爐蓋缺角的地方以泥狀物修補，旁邊的木盒上貼著一張紙，寫著「瑕疵品特價！二百圓」。以前有一次父親未經同意就把母親的蒸臉器拿來這裡賣掉，引發母親不滿，從此要丟東西一定會事先再確認，所以這個香爐必定是在他們兩人的同意之下才來到這裡。說到這，我再次發現我們家的人向來不留戀有缺損的東西，討厭瑕疵的一面。

香爐表面是紫色的，與我需要的白色相去甚遠，所以我的視線移往別的器皿，只是我忽然想到一件事，便再次拿起來。我記起香爐內側是白色的，便掀開蓋子往裡面看，果然如此。得到想要的顏色固然感到不虛此行，用姊姊的結婚紀念品來替代情人的肉，這樣的聯想更加令我愉快，我付了錢，一回到家便使勁朝以毛巾裹好的香爐落鎚。因為整體呈圓弧狀，為了方便黏貼，碎片要愈小愈好，費了我好大一番工夫，不過也得到好幾塊用得上的碎片。

這樣製作之下，好不容易才完成的美馬真奈美的肖像，此刻以圖釘釘在B4大小的軟木塞板上，用特多龍線掛在我房間東面牆上的勾子上。在我外出時，母親為了拿棉被去曬而進房，看到這幅畫感到十分訝異，問我那是什麼，我反問她覺得是什麼，

「以馬賽克拼出的銀河畫？看起來也像越南的蛋殼鑲嵌畫。」

母親這麼說。

魚片火鍋準備好了，到了要開動的時候，卻找不到年底人家送

的、沒開封就直接收在水槽底下的酸橙醋，母親說既然如此就順便去買辣椒蘿蔔泥和細香蔥，八點左右出門了。在父親的催促下，我也去找過了，在還有生魚片醬油、柴魚醬油的禮盒裡，獨不見黑豆酸橙醋。

「妳能不能現在來我家一下？有話要跟妳說。」

我在房間裡開電腦看信時，姊姊打電話來。她問起我要怎麼去，我回答騎腳踏車，她就一口氣說在下雪要我搭公車去，要是沒公車就坐計程車，車錢她再付，我回答還有公車就放下手機。在關電腦之前看了雅虎網站的十二星座占卜，摩羯座的運勢九十七分，恩姆的水瓶座五十六分。

我沒跟姊姊說我們正要吃晚飯，只告訴父親公司那邊出了點問題我要去現個身，父親說外面很冷勸我開車去，我差點接受了，但想起姊姊住在密集的住宅區裡，附近沒有便利商店或投幣式停車場等能臨停的地方，看了貼在冰箱上的公車時刻表，正好幾分鐘後有一班車，便決定要搭那班車。

我在公車站發著抖等車，不久公車慢吞吞地開下坡道，我上了車。車上沒有其他乘客，我一路發呆，想著那間二手商店所在的平房的前個住戶，姓塚原的那號人物。他一直單身，應該是三、四十歲還相當年輕的時候，就在我們這一帶擔任校警工作，當時還是小學生的我有一天放學被他叫進了他家。現在回想起來實在令人心驚，要是那天和我一起放學、留下我自己先回家的同學沒有把這件事告訴任何人，獲報的巡警沒有趕來的話，也許今天我就不在這裡了。

雪停了。公車靜靜地、保持一定的速度駛過一片白茫茫的市區。無論主題是什麼，反正等著我的都是麻煩事。姊姊要訓我、念我的時候，經常把我叫到她家。純粹是擔心被別人知道，就算是可以在電話裡說的忠告，每每也是要我趕過去洗耳恭聽。

一幢在特別亮的照明包圍下的建築出現在左前方。我下車的地點，就是位於那幢建築入口處、以某高爾夫練習場為名的站牌。我把錢包貼在收費機的感應處付了錢，下車後站在因雪而一片白的人行道上，一抬頭，小鳥在高掛半空的網子上棲息，數量之多，是我前所未見。

妳下車後在車站打個電話給我，響一聲就可以掛掉——姊姊這樣交代，不過她住的地方走路十分鐘就會到，我便沒打了。那間公寓是姊姊三十四、五歲時和前夫一起拿出積蓄買的，是出售、出租混合的中層公寓，當時還是新落成，過了十幾年，如今整體色彩鮮明不再，在這種冬日的陰天之夜更加黯淡，尤其是姊姊夫所住的四樓，或許是知道內部劣化的程度吧，在我眼中顯得更加老舊。

我站在一樓正面玄關，甩掉折傘的水滴，緊緊收好，正伸手要按對講機，就有人從電梯出來。一看，那個眼睛盯著手機的人正是姊夫，他沒注意到我，我朝著他準備離開大門的背影頭一次喊出了哥哥，好像太小聲他沒聽見，我又吹了聲口哨，

「啊，香生。」

「姊姊說有事要找我。想也知道一定是要念我，害我提心吊膽，幸好先遇到大哥。你知道姊姊要跟我說什麼嗎，能不能透露一下？」

我舌燦蓮花，滔滔不絕地吐出話來。從姊夫身上感覺得出一股打定主意不作聲、死守到底的氣氛，我不願屈服於這種小家子氣的態度，有那麼一絲嗜血，想戳破他那故作冷靜的架式。

「你聽姊姊說了什麼嗎？她今天為什麼叫我來？」

沒有，我沒聽她說什麼——姊夫終於也開口了。

「不好意思，我有點急事。」

他很快地這樣補了一句，便小跑步消失了。

「我不是叫妳下公車後就打電話給我嗎？」

面對面在餐桌坐下，本來正用門牙擠出條狀果凍的姊姊一度停手，不滿地質問我。我早就發現姊夫出門是為了要清場，但我不明白平常都會站在我這邊、一起拿姊姊的自以為是開玩笑的姊夫為什麼會那麼冷淡。餐桌上的長平盤盛著人形燒。我隨手抓起一個以塑膠袋獨立包裝的人形燒來看，是弁天造型。咬下去裡面包的是卡士達醬，我問有沒有豆沙餡的，姊姊沒有回答。

「妳不是很愛吃豆沙嗎？口味變了啊。」

姊姊托著腮，低著頭不看我始終無言，一副自己是悲劇女主角的模樣讓我上了火氣，

「我想應該不至於，不過妳不會是懷孕了吧？」

故意踩她的痛點。

「我說，香生子，」

雖然只是一絲絲，但我能清楚感覺出她聲音裡含著怒氣。

「上星期五，妳在濱通的飲食街，」

正面盯著姊姊，當她口中說出鄰町鬧區的通稱，我就明白一切的一切都曝光了。

「拱廊前面的複合式大樓旁邊，有家叫作珍珠什麼的時尚飯店對吧。有人看到妳和一個大學生年紀的女生進去，是真的嗎？」

我學姊姊剛才的樣子，儼然被害者般皺起眉頭，外加一個故意讓人聽得清清楚楚的嘆息。

「兩個女人去那種地方到底是要做什麼！」

「妳聽誰說的？」

「入江先生啦。」

不像平常那樣以暱稱叫阿睦，而是姓氏。

「怎麼回事？」

「不要妳管。」

「妳什麼時候變成那樣的？」

「拜託，不要管我。」

「妳以前不是還帶男朋友來給我認識嗎？大學的時候，妳有個姓淺見的男朋友不是嗎。在關內上班的時候，也和一個同事，我記得是姓守田的交往過，那又怎麼說？」

我站起來，離開了餐桌。

「我還沒吃晚飯，先回去了。」

我還以為姊姊會從後面追上來揪住我，但她沒有。在她家講究風水的玄關，要穿高筒球鞋卻沒有鞋拔而大費周章時，姊姊的影子落在硬泥地上。

「我不會跟爸媽說。」

人類這種生物，就是多嘴。明明不說話就沒事了，卻想到什麼，不假思索便脫口而出。

「下次要不要三個人一起去旅行？」

又出聲了。姊姊把放在拖鞋架後面以至於我找不到的鞋拔遞給我，繼續說：

「我正好跟阿睦說到想去伊勢神宮看看，去御蔭橫丁走走吃吃，去鳥羽搭搭觀光船，是俗氣了點，不過應該滿好玩的。」

「嗯，聽起來不錯，我應該會去吧。」

我邊綁鞋帶邊簡單回答。

「我會考慮的。」

我用身體抵著門，想推開的時候，姊姊從後面拍我的肩。

「這個，給妳搭計程車回去。」

「謝謝，那我就收下了。」

外面很冷，路上燈很暗，電梯還停在四樓。我在電梯裡想著自己是事事不負責任的人，愛得正熱時，眼裡什麼別的都看不見，一切皆可拋，無情無義，連自己都覺得自己不值得信任，想著想著電梯就到一樓了。接著也胡思亂想著向前走，穿過住宅區便來到國道，稍遠處有一座人行天橋，這才知道橋附近開了一家便利商店，我簡直可以看見姊夫在那裡著急地等著我回去，不禁覺得煩膩。世界上到處都是膽小鬼。一看公車時刻表，好像還有幾班公車，但等紅燈的計程車剛好是空車，我就上車了。

「這位客人……」

回家的路大概走了一半時，司機叫了我，

「妳是不是遇到什麼慘事啊，都流鼻血了。」

照後鏡裡，只見一雙眼窩深陷的圓眼要射穿人般盯著我。在路燈燈光中顯得漆黑濕亮的眼珠表面，浮著厚厚的一層以一個女人身上發生的異變災難為樂的氣息。

「沒事吧？」

從小，只要感受到親近的人對我的心理造成壓迫，就會過度呼吸，或是身上某處出血，我對這些早就已經習慣了。司機的視線仍不停地往我這邊飄，沒有任何遲疑、退縮。人是以觀看、觸摸為樂的生物，而說這種話的我也是其中之一。

我拿面紙擦了人中，把吸了血的部分往裡用力揉成一團，握在手中。不知不覺，又下起粉雪了。細微的白雪粒子在黑暗中飛舞，隔著玻璃顯得時近時遠。雪大概不足以積得讓小孩子痛快玩耍，卻也夠讓地面變成一片白色，可以在我下車後，清清楚楚留下腳印。

走進大門，伸手去轉門把，才知道上了鎖。按了門鈴也沒人應，拿出手機，看到母親傳來的簡訊，說他們要去癌症中心。父親的一個朋友因手術切除的癌症又移轉，於夏末住院，情況不樂觀。記得上個月中旬也是跟現在差不多的時間接到緊急聯絡，父親已經喝了酒便坐在副駕駛座，由母親開車趕過去。我依照簡訊的指示繞到院子裡，把一個常滑燒的附蓋小壺從廊下拉出來，手指摸到裡面的鑰匙時，弓起的背感覺到有動靜，我嚇得趕緊轉身，卻空無一人。唯有對面住家的防盜燈茫茫照亮了院子裡的樹木。

我進了廚房，喝了未經稀釋的濃縮蘋果黑醋，往餐桌一看，上面擺了單人小砂鍋，和盛了食材的中型盤子，連酸橙醋和佐料都有。一切一如猜想，一如預期，這個世界真的被預料之中的事裝得滿滿的。我爬到二樓，打開房門，看到左右拉開的窗簾之間黑黝黝的玻璃窗，理所當然地映出了我的身影，我與影子對峙。雖然想逃避，還是忍耐著繼續看，然後時間過去了。

天下太平。我躺在床上滑手機，恩姆的簡訊讓液晶畫面變了色，我跳起來換衣服。出房間時，塞了臨時外宿所需種種的背包撞上了牆，恩姆的畫因而掉落。我怕碎片從紙上剝落，輕輕拿起來翻到正面，碎片一片又一片在地板上堆積，築起一座灰白的小山。

木曜文庫 03

影裏

えいり

作者　沼田真佑
譯者　劉姿君
社長　陳蕙慧
副總編輯　戴偉傑
責任編輯　王淑儀
封面設計　蕭旭芳

讀書共和國出版集團社長　郭重興
發行人兼出版總監　曾大福
出版　木馬文化事業股份有限公司
發行　遠足文化事業股份有限公司
地址　231 新北市新店區民權路 108-2 號 9 樓
電話　(02)2218-1417
傳真　(02)2218-0727
Email　service@bookrep.com.tw
郵撥帳號　19588272 木馬文化事業股份有限公司
客服專線　0800-221-029
法律顧問　華洋國際專利商標事務所　蘇文生律師
內頁排版　宸遠彩藝有限公司
印刷　前進彩藝有限公司

初版一刷　2020 年 7 月
定價　300 元
ISBN：978-986-359-808-4

國家圖書館出版品預行編目

影裏 / 沼田真佑作 ; 劉姿君譯 . -- 初版 . -- 新北市 : 木馬文化出版 : 遠足文化發行 , 2020.07
面； 公分 . -- (木曜文庫 ; 3)
譯自 : えいり
ISBN 978-986-359-808-4(平裝)

861.6　109008157